中央大学人文科学研究所　研究叢書84

近世ヒスパニック世界の諸相

坂本　宏　編著

中央大学出版部

まえがき

　本書は、中央大学人文科学研究所の研究チーム「スペイン語圏の歴史と文化」の共同研究の成果である。

　本書の著者たちは、スペイン史に関心を持つという点では共通しているが、研究の方向性は必ずしも一致していない。また、我々の関心が及ぶ空間的な広がりを考えると、「スペイン史」という枠組み自体が適切ではない。そもそも「スペイン史」とは、現在のスペインという国家を過去に投影した解釈の枠組みに過ぎない。我々が研究対象としているものの正体は、近世イベリア半島のカスティーリャ王国とアラゴン王国を中核とする複合国家である。この複合国家は、カスティーリャ王イサベルとアラゴン王フェルナンドの結婚を起点に、アメリカの発見と征服、王朝の相続などの偶然が重なり、ヨーロッパからアメリカ、さらにはアジアにまで拡張しただけでなく、フェリーペ2世の統治期には、アフリカ・インドから東アジアに及ぶ海洋帝国を築いていたポルトガルをも併合し、史上初のグローバル帝国を形成するに至った。この複合国家にしてグローバル帝国の実体を的確に表す名称は存在しないが、あえて言えば、当時の人々が「モナルキーア」と呼んだものに相当する。「モナルキーア」は、字義的には「君主政」と訳されるべきだが、意味的には「帝国」に近いため、「スペイン帝国」という日本語訳が最もしっくりくる。

　しかしながら、本書はその研究対象を「スペイン帝国」ではなく「近世ヒスパニック世界」[1]としている。それは以下の理由による。

　まず、「スペイン帝国」という名称を用いると、その統治や支配の仕組みを論じなければならなくなるため、あまりにも政治史に比重がかかりすぎる。また、中心と周辺の関係を強調し過ぎることにもなる。「スペイン帝国」

がマドリードの王宮を中心に巨大な官僚組織を発達させたことは確かだが、それによって帝国全域に中央集権的な支配を貫徹させられたわけではない。近年の研究者、例えばグリュジンスキは、この中心―周辺モデルを否定している[2]。スペイン帝国の統治は、中心からの一方的な支配ではなく、各地域の自治権・自律性が前提にあり、現地エリート層の協力が不可欠だった。特に、アメリカ大陸やアジアの植民地では、現地文化やエリート層との交渉が統治の鍵を握っていた。さらに、J・H・エリオットが提唱する複合国家という考え方も、この傾向に沿う[3]。彼によれば、典型的な複合国家であるスペイン（帝国）は、異なる地域がそれぞれ独自の自治権や法的枠組みを保ちながら、スペイン王の下でゆるやかに統合されていた。また、同じ文脈において、「多中心的な君主政（Polycentric Monarchies）」という概念も提唱されている[4]。スペイン・ポルトガルがグローバルな覇権を達成できたのは、それが単一の中央集権的な政府と君主によってではなく、現地エリート層との交渉を通じて行われたため、つまり多中心的な君主政であったからだとされる。

　一方、「ヒスパニック世界」は、地理的にはスペインとその旧植民地であったラテンアメリカ諸国、フィリピンを含む地理的範囲である。言語的にはスペイン語が公用語ないしは共通語であり、文化・宗教的にはカトリックによる一体性が保たれているが、スペイン帝国の消滅後は政治的な統一性は失われている。かつての非中央集権的なグローバル帝国の実体を指し示すためには、「スペイン帝国」よりも政治的な中心を持たない「ヒスパニック世界」（本書の場合はそれに「近世」という時代限定を付ける）の方がより適切ではないかと考えるゆえんである。また、「スペイン帝国」よりも「ヒスパニック世界」の方が、ヨーロッパよりもアメリカ・アジアに比重を置いたこの帝国の地理的な広がりをより正確に想起させる。ただし「スペイン帝国」という名称を排除するものではない。本書においても、「近世ヒスパニック世界」の政治的実体を強調する場合は「スペイン帝国」を用いることにする。

　本書は5本の論文から成る。それを「スペイン」「アメリカ」「日本」の3

部に分けた理由は、それによって、「近世ヒスパニック世界」のアメリカ及びアジアへの地理的な広がりを明示できると考えたからである。

第Ⅰ部「スペイン」は以下の2本の論文から成る。

坂本宏「フランシスカ・デ・ロス・アポストレスの幻視—トレード大司教バルトロメ・カランサ釈放の予言—」は、1570年代にトレードの異端審問所で裁かれたフランシスカ・デ・ロス・アポストレスの幻視体験について論じている。彼女は、幻視をもとに教会改革を訴え、修道院の創設活動を開始した結果、異端審問にかけられることになった。幻視の中には、ローマの異端審問所に捕えられていたトレード大司教バルトロメ・カランサが釈放され、教会改革を担う人物となるという予言も含まれていた。坂本は、彼女が正式な修道会に属さずに宗教生活を送る「ベアータ」という身分だったことに着目し、その身分を捨てて禁域の修道女になろうとした背景について検討している。また、彼女の幻視体験だけでなく、その後の悪魔体験や修道院創設活動を一貫して理解するためには、彼女をスペイン神秘主義の文脈の中で捉えることが必要であると論じている。

中島聡子「16世紀スペインにおける民衆の結婚」は、民衆の結婚に対するカトリック改革の影響について論じた研究である。1563年のトレント公会議第24総会では、婚姻に関する問題が議論され、教会の面前での挙式や婚姻公示が義務付けられた。教会は、所定の手続きを民衆に遵守させることで、合法的な結婚を定着させることを目指していた。16世紀後半には、スペイン各地で民衆が教会の結婚手続きを取るようになり、次第に結婚の形態は教会が意図する形に統一されていった。しかし、重婚などの非合法な結婚が完全になくなることはなかった。中島は、重婚裁判記録、教区簿冊の結婚記録、結婚許可証の審査記録という3種類の史料を精査し、当時の民衆が教会の手続きを表面的には守りつつも、結婚に関しては民衆独自の不文律に従い続けていた実態を明らかにしている。

坂本論文も中島論文も、以下の点において「近世ヒスパニック世界」という大きな枠組みとつながっているように思われる。

iv

　まず、両者ともに異端審問というグローバルに展開する組織によって捕捉された者たちを扱っている点である。異端審問制度は、イベリア半島を超えて、イタリアやアメリカにも管轄区を設け、法廷を設置していた。その管轄は、遠くフィリピンにまで及んだ。中島が扱う重婚者は地域を超えて移動する人々であったが、異端審問が彼らを追跡し、捕捉することができたのは、異端審問がグローバルに展開する組織だったからである。

　坂本論文は女予言者について論じている。カランサ釈放というフランシスカの予言は、カランサの逮捕を黙認したフェリーペ2世への批判となり得たため、政治的には危険なものだった。このように、予言は政治に対する批判になり得た一方で、スペイン帝国の拡大を正当化する上で重要な役割を果たした。スペインのカトリック王たちは、予言を利用して自らの権力を正当化し、イスラム教徒の追放や新大陸での征服を「神の意志」として位置付けた。このように、予言が帝国の拡大と深く結び付いていたことが、近年の研究でも明らかにされている[5]。フランシスカが奉じたカトリックは、スペイン帝国のイデオロギーそのものであった。スペイン帝国は単なる「モナルキーア」ではなく、「モナルキーア・カトリカ」であり、カトリック王が支配する世界であった。トレードの市井に暮らす女性が、このように普遍的な原理とつながっていたのである。彼女は「使徒」を称し、全世界に福音を伝えることを意識していた。それはほとんど妄想に近いものだったかもしれない。しかし、スペイン帝国の拡大を支えた修道士や征服者たちの「地の果てまで行く」という執念もまた、妄想と紙一重のところがある。帝国の地球規模の拡大は、そうした個々人の妄想によっても支えられていたのかもしれない。

　中島論文は、対抗宗教改革期に教会が押し付けてくる結婚の規範に対して、民衆が独自の規範を維持し続けたことを論じている。ある結婚が正当であるか否かを最終的に判断するのは、教会ではなく、地元社会であった。この見解は、おそらく中島自身も意識しているだろうが、ヘルツォグの市民権に関する議論と通じる部分がある[6]。ヘルツォグによれば、ある部外者を市

民として受け入れるか否かは、都市の自律的な判断によるものである。市民の地位は、国家が作成する法律によって付与されるものではなく、地元社会での行動や義務の履行を通じて獲得されるものであった。中島も、部外者たる重婚者は、地元社会で生きてゆこうとする意志と行動を示しさえすれば、地元社会に受け入れられたと論じている。スペイン及びスペイン領アメリカにおいて、地元社会とスペイン王権の関係は複雑であり、中央集権的な権力構造が常に強く機能していたわけではない。むしろ、地元社会が自立的に部外者を受け入れたり排除したりするプロセスが主導的であり、国王や本国政府の介入は、対立が生じた場合に限られていた。ここからヘルツォグは、地元社会が国家や王権の形成において重要な役割を果たしていたことを強調している。この議論は、「多中心的な君主政」の議論とも軌を一にする。

第Ⅱ部「アメリカ」は、以下の2本の論文から成る。

佐藤正樹「ポトシの不正鋳造と総巡察の分析—銀含有率の回復過程を中心に（1649-1652年）—」は、南米ポトシ鉱山で発生した大規模な不正鋳造事件と、それに対処したフランシスコ・デ・ネスタレス・マリンによる総巡察について論じている。ポトシで産出される銀は、その量と品質ゆえに世界中で需要があり、スペイン王室の財政もこの銀に大きく依存していた。しかし、不正鋳造によってポトシ銀は信頼を失い、市場から拒絶されるようになった。これを受けてスペイン王室は、問題解決のためネスタレスを総巡察官として派遣した。彼は不正の再発防止だけでなく、労働者に利益をもたらす仕組みも整備した。また、銀の品質回復に必要な資金をポトシの住民ではなくスペイン王室に負担させた。ネスタレスの改革の特徴は、スペイン王室の利益よりも、ポトシの銀産業に従事する地元労働者の利益を優先した点にある。

三潴みづほ「ペドロ・デ・バレンシアの『インディアス報告』（1607-1613年）」は、多作な人文主義者として知られるペドロ・デ・バレンシアの『インディアス報告』について論じている。この報告書は、主にペルー副王領の農業、自然環境、都市の状況に関する詳細なデータを提供しており、スペイ

ンの植民地支配を支えた情報収集活動の一環として評価することができる。ただしこれは単なる官僚的な報告書ではない。鉱山開発よりも農業振興に重点を置いていることから、農業を国家の富の基盤とし、インディオを保護して農業に従事させることを提案したバレンシアの重農主義的な思想を反映した記録として評価することができる。

　佐藤論文と三潴論文は、ペルー副王領を舞台としている点で共通している。また、第Ⅰ部の２本の論文が名もない人々に焦点を当てたのとは対照的に、第Ⅱ部では歴史に名を残す官僚や知識人が主人公である。佐藤論文のネスタレスは、アルカラ大学とボローニャ大学で法学を修め、異端審問官となった後に総巡察士としてペルー副王領に派遣された、スペイン帝国の典型的な官僚である。三潴論文のバレンシアは、サラマンカ大学で法学や古典研究を学んだことから、サラマンカ学派の一員と目される。サラマンカ学派は、トマス・アクィナスの自然法理論を受け継ぎ、植民地政策やインディオの権利に関する議論を展開したことで知られている。したがって、第Ⅱ部の２本の論文は、スペイン本国のエリートが植民地に対してどのような眼差しを向けていたのかを知る手がかりを提供してくれる。銀の不正鋳造を糾す目的で王室によって派遣されたネスタレスは、必ずしも王室の利益を増加させることを第一に考えていたのではなく、地元社会の利益を重視した改革を行った。そのようにしなければ、スペイン帝国の持続的な発展は不可能だと考えたからである。一方、バレンシアの『インディアス報告』は、主にペルー副王領に関する報告であるにもかかわらず、銀開発に関する記述が少ない。おそらく彼は、インディオの生活環境を改善すること、そしてそのために農業を奨励することがスペイン帝国の持続可能な発展につながると考えていた。ネスタレスもバレンシアも、今日で言うところのグローバルエリートである。彼らは本国の利益を最優先していたわけではなく、グローバルな視点から帝国のことを考える人たちであった。彼らが中央の意向を強硬に貫徹するのではなく、地方の利益を重視する立場を取ったことは、これまで述べてきたような、近世ヒスパニック世界が多中心的であったとする近年の研究動向

とも一致する知見である。

佐藤論文は、スペイン帝国を維持・拡大する原動力となった銀について論じている。近世は、銀が国際的な商取引の決済手段として使用されて世界全体で流通した時代である。その最大の供給源がポトシ銀山であった。ポトシにおけるインディオの労働の悲惨さや過酷さについてはこれまでも論じられてきたが、佐藤はそれとは別の視点から銀貨鋳造の工程に焦点を当てており、興味深い。実はポトシで鋳造された全銀貨のうち、スペイン王室に税として納められたのは5分の1に過ぎない。では、残りの銀貨はどうなったのだろうか。地元に富として蓄積されたのだろうか。この点についても興味は尽きない。

三潴論文が扱う『インディアス報告』は、スペイン帝国の支配においてどのように活用されたのだろうか。この問いは、スペイン帝国が広大な領土を効率的に支配するために「知識」や「情報」の収集・活用を重視していたとするブレンデッケの議論と接合させることができるだろう[7]。ギリシャ・ローマの古典を学び、古典古代的な世界観を持った典型的な人文主義者であったペドロ・デ・バレンシアは、新大陸からもたらされた情報をどのように処理したのだろうか。そして、バレンシアの世界観は、新大陸からの情報によって変化したのだろうか。この問いは、古典古代の知識に基づいて発展したルネサンス期イタリアのコスモグラフィーと、新大陸からもたらされた新しい経験と情報によって発展していったスペインのコスモグラフィーを対置させるポルトゥオンドの議論と接合させることができるだろう[8]。

第Ⅲ部「日本」は、以下の1本の論文からなる。

椎名浩「近世ヒスパニック世界から見た日本、近世日本人が見たヒスパニック世界—統治者・統治領域・政体についての記述を中心に—」は、近世のスペイン人と日本人が互いの政体をどのように理解していたかを検討している。ザビエルが来航した当初、スペイン人は、日本を「全国の王」によって統治される単一国家とみなしていた。しかしその後、戦国時代の混乱を目の当たりにしたヴァリニャーノは、日本を「66の王国」の複合体と理解する

viii

ようになった。さらに彼は、これらの諸王国を統括する「天下」を、スペインの諸王国（reinos）を統括する「モナルキーア（君主政）」に相当するものと捉えた。一方、17世紀末から18世紀初頭にかけて、日本の西川如見や新井白石らは、「イスパニア」が、ポルトガル・カスティーリャ・ナバラなど複数の「国」から構成され、南北アメリカやアジアの海域を支配していると理解した。

　椎名論文が対象とする日本は、近世ヒスパニック世界の外部に位置している。しかし、そこにはカトリックの修道士たちが布教・支配を目的に訪れ、情報収集を行い、あわよくば日本を近世ヒスパニック世界の内部に取り込もうとしていた。それに対し、日本側も敵国の正体を把握しようと努めていた。椎名によれば、スペイン人と日本人が互いの政体を一定の精度で理解できたのは、双方が複合君主政的な政体を有していたからであり、この類似点が彼らの理解を容易にしたとされる。管見では、日本とヨーロッパの双方をを視野に収めた複合国家論の研究はいまだなされていない。日西交渉史を専門とし、日西双方の歴史に通じた椎名ならではの研究成果である。

　「スペイン語圏の歴史と文化」は、主査を務める坂本宏が2020年4月に立ち上げた研究チームである。2025年3月にチームの第1期活動期間を終えるに当たり、その研究成果を本書をもって世に問うものである。チーム発足当初は、新型コロナウイルスの世界的流行により、私が勤務する中央大学を含め、ほとんどの大学が休校を余儀なくされ、研究どころか授業さえ行えない状態であった。しばらくして、ZoomやWebexなどのオンラインツールを活用した授業が可能となったが、授業の準備に追われ、研究に時間を割く余裕はなかった。それでも、不幸中の幸いで、オンラインツールを使いこなせるようになると、研究会もオンラインで開催できるようになった。これまで年に2回ほどのペースで開催してきた研究会はすべてオンラインで実施している。対面開催のメリットも捨てがたいが、オンラインの気軽さには大きな魅力がある。本書の刊行にあたり、中央大学人文科学研究所の皆さんと、中央大学出版部の今井愛さんには大変にお世話になった。この場を借りて、

心より御礼申し上げる。

　最後に、編者としてではなく、一寄稿者としての感慨を述べさせていただきたい。20年も前に、私がマドリードの文書館で出会ったフランシスカ・デ・ロス・アポストレスは、その当時まだ正当な評価を受けていなかった。彼女は1570年代のトレード市で貧しい女性たちに支援の手を差し伸べ、トレードの困難な現状を何とか打開しようと尽力した。そうした彼女の真摯な思いをないがしろにして、異端者として貶めたり、彼女の失敗を揶揄するような研究史に対して、私は違和感を覚えた。とは言うものの、彼女を理解する上で最大の鍵となる「幻視」や「悪魔憑き」といった超常体験が当時の私には理解できなかった。しかし今回、20年ぶりにこの研究に取り組むことで、当時は気づかなかった論点が少しずつ見えてくるようになった。史料の精読を通じて気づいたことのひとつは、死者の声に耳を傾け、死者を正当に評価し、死者を弔うことこそが歴史学の使命だということである。史料を読んでいると、過去の人々の気持ちが完全に理解できる（と思われる）瞬間がある。この感覚は、フランシスカの意志が神の意志と一致したときの感覚と似ているのではないか。このような経験を重ねるたびに、日々の史料精読を通じて過去の人々とつながろうとする歴史家は、日々の祈りを通じて神とつながろうとしていたフランシスカと、実は同じことをしているのではないかと考えるようになった。歴史家と神秘家は、それぞれ現在と過去、人と神の間に存在する絶対的な隔たりを埋めてゆこうとする点で共通している。20年かけてこの理解にたどりついた今、ようやくフランシスカを弔うことができたという思いを抱いている。

　2024年12月

研究会チーム「スペイン語圏の歴史と文化」

責任者　坂　本　　宏

x

1) 本書がテーマとする「近世ヒスパニック世界」は我が国ではなじみのうすい表現だが、我々が勉強会で使用したテクストのうちの1つである、Kimberly Lynn, and Erin Kathleen Rowe (eds.) *The Early Modern Hispanic World : Transnational and Interdisciplinary Approaches*, Cambridge University Press, 2017. から拝借した表現である。

2) Gruzinski, Serge. *Las cuatro partes del mundo : Historia de una mundialización*, México, 2010.

3) 古谷大輔、近藤和彦編『礫岩のようなヨーロッパ』山川出版社、2017 年。立石博高編『スペイン帝国と複合君主政』昭和堂、2018 年。

4) Pedro Cardim, Tamar Herzog, José Javier Ruiz Ibáñez and Gaetano Sabatini (eds.) *Polycentric Monarchies : How Did Early Modern Spain and Portugal Achieve and Maintain a Global Hegemony?*, Sussex Academy Press, 2012 ; Yun-Casalilla, Bartolomé. *Iberian World Empires and the Globalization of Europe 1415-1668*, Singapore, 2019.

5) Boone, Rebecca Ard. *Mercurino di Gattinara and the Creation of the Spanish Empire*, London, 2014 ; Stefania Pastore y Mercedes García-Arenal (eds.) *Visiones imperiales y profecía*, Madrid, 2018.

6) Herzog, Tamar. *Defining Nations : Immigrants and Citizens in Early Modern Spain and Spanish America*, Yale University Press, 2003.

7) Brendecke, Arndt. *Empirical Empire : Spanish Colonial Rule and the Politics of Knowledge*, Berlin, 2016.

8) Portuondo, María. *Secret Science : Spanish Cosmography and the New World*, University of Chicago Press, 2009.

目　　次

まえがき

第Ⅰ部　スペイン

第1章　フランシスカ・デ・ロス・アポストレスの幻視
　　　　──トレード大司教バルトロメ・カランサ
　　　　釈放の予言──……………………………坂 本　宏　*3*
　　はじめに　*3*
　　1　フランシスカの逮捕　*8*
　　2　ベアータたちの不安　*13*
　　3　幻　　視　*16*
　　4　大司教釈放の予言　*21*
　　5　イサベルの不在　*29*
　　6　悪魔憑きの意味　*33*
　　7　スペイン神秘主義の文脈　*36*
　　おわりに　*41*

第2章　16世紀スペインにおける民衆の結婚……中 島 聡 子　*51*
　　はじめに　*51*
　　1　婚姻法改定とその普及　*53*
　　2　良い結婚、悪い結婚　*59*

xii

  3 結婚生活の維持　*63*

  おわりに　*65*

第Ⅱ部　ア メ リ カ

第3章　ポトシの不正鋳造と総巡察の分析
      ——銀含有率の回復過程を中心に
      （1649-1652 年）——……………………… 佐 藤 正 樹　*75*

  はじめに　*75*

  1　スペイン支配下のポトシとその銀産業　*79*

  2　不正鋳造とその背景　*83*

  3　ポトシ総巡察（1648-1660 年）とその前史　*86*

  4　銀含有率回復の過程　*88*

  おわりに　*94*

第4章　ペドロ・デ・バレンシアの『インディアス報告』
      （1607-1613 年）
      ………………………………………………三潴みづほ　*105*

  はじめに　*105*

  1　サフラの人文主義者　*106*

  2　献 策 活 動　*108*

  3　宮廷の修史官への就任　*109*

  4　質問集と地理報告　*110*

  5　『インディアス報告』の内容構成　*113*

  6　報告内容に見る各地の特徴　*116*

  おわりに　*119*

第Ⅲ部 日 本

第5章　近世ヒスパニック世界から見た日本、
　　　　近世日本人が見たヒスパニック世界
　　　　　　──統治者・統治領域・政体についての
　　　　　　　　記述を中心に── ……………………… 椎 名　　浩　*127*

　は じ め に　*127*

　1　近世ヒスパニック世界から見た日本　*131*

　2　近世日本人の見たヒスパニック世界　*140*

　お わ り に　*154*

第Ⅰ部　スペイン

第 1 章

フランシスカ・デ・ロス・アポストレスの幻視
——トレード大司教バルトロメ・カランサ釈放の予言——

坂 本 　宏

は じ め に

　本章は、フランシスカ・デ・ロス・アポストレスの異端審問記録（1575-1578 年）に基づき、彼女が体験した幻視[1]について論じるものである。彼女は、その幻視体験をもとに、ローマの異端審問所に捕えられているトレード大司教バルトロメ・カランサが奇跡によって釈放され、教会改革の主導者となることを予言したことで知られている。

　ヨーロッパ各地では、14 世紀から 15 世紀にかけて女予言者が現れた。スウェーデンのビルギッタやシエナのカテリーナは、戦争や教会改革に関する予言を行い、王や教皇に助言を与えた。フランスのジャンヌ・ダルクも、政治的危機に際して啓示を伝えた[2]。本章で扱うフランシスカも、教会改革を提言するという女予言者のパターンを踏襲している。実際、彼女は、教会大分裂の時期に教会改革を訴えたシエナのカテリーナをモデルにしていた。

　スペインで女予言者が目立つようになるのは、15 世紀末から 16 世紀初頭にかけてである。この時期は、カトリック両王の統治期からシスネロス枢機卿の摂政期に至る政治的混乱期である。カスティーリャ女王イサベルの死後、カスティーリャを統治したのは夫でアラゴン王であるフェルナンドであったが、彼の統治の正統性には疑義が唱えられていた。このような状況下で、フェルナンドがエルサレムを征服するであろうと予言したマリーア・

4 第 I 部 スペイン

デ・サント・ドミンゴが注目され、宮廷に招かれた。フェルナンドは、自ら
の統治の正統性を補強するために、女予言者の存在を必要としていたのであ
る[3]。

　トラスタマラ朝からハプスブルク朝への移行後、コムニダーデスの反乱が
鎮圧されて政治的な安定がもたらされると、女予言者は、政治的には無用で
あるばかりかむしろ危険視され、迫害されるべき存在になっていった。1520
年代に神の照明を受けたと称するアルンブラード（照明派）が異端審問で裁
かれたことが転機となった。この異端集団において、イサベル・デ・ラ・ク
ルスやフランシスカ・エルナンデスといったカリスマ的な女性がリーダーシ
ップを取っていたことから、女予言者に対する警戒が強まっていったのであ
る[4]。

　16世紀末から17世紀にかけて、対抗宗教改革の進展を背景に、幻視や啓
示を体験したり、神から特別な恩恵を受けたと主張する、いわゆる「聖性を
希求する女性」が現れるようになった。ハリツァーの研究が明らかにしたよ
うに、その一部は公的教会により聖性を承認され、列福・列聖された。他方
で、多くの女性が異端と宣告され、聖性を否認された[5]。マドリードの国立
歴史文書館が所蔵するトレード異端審問所の審問記録のうち、ilusos e
iludentes（悪魔に騙された者たち）と分類されているものが、聖性を否認され
た異端者の記録である[6]。フランシスカは、その中でも最も早くに裁かれた
例の1つである[7]。

　筆者は、今から20年ほど前、マドリードの国立歴史文書館にて、アルン
ブラードに関する審問記録を調査したことがある。その際に、ilusos e
iludentesと分類された人々の存在を知り、トレード異端審問所で裁かれた
全26件の記録を請求して紐解いてみた。ところが、彼女たちが語る、神か
らの啓示・予言・幻視を真に受けてよいものか、判断に迷うところがあっ
た。妄想や狂気に類するそれらの内容を歴史研究の対象とするのは難しいと
感じられた。実際、17世紀になると、これらの人々は正気を失っていると
みなされ、異端者として訴追の対象とされるよりは、医学的な治療の対象と

されるようになっていった[8]。

　裁かれたそれらの人々の中で、フランシスカの事例は、例外的に理解可能なものであるように思われた。彼女は識字能力があり、審問官の前で自身の幻視や悪魔憑きについて理路整然と説明するだけの知力を備えていたからである。彼女とともに逮捕された妹イサベル・バウティスタと聴罪師ミゲル・ルイスの審問記録が失われているのは惜しまれるが、フランシスカの審問記録だけでも 300 フォリオ（600 頁）を超えており、事件を読み解くには十分な量がある。

　フランシスカは決して無名ではないが、異端審問や宗教女性に関する研究において、挿話的に言及されるに過ぎなかった。おそらく彼女について最初に言及した研究者はベルトラン・デ・エレディアであり、彼は 16 世紀末に現れた幻視者たちを扱った論文の中で、フランシスカを「偽教会改革者」として取り上げた[9]。アルバロ・ウエルガは、フランシスカと同時期に問題となっていたアルンブラードとの関連で、彼女に言及した[10]。また、テレサ・デ・アビラ（1515-1582 年）の伝記を著したロッシは、フランシスカをトレード大司教バルトロメ・カランサの釈放運動に関わった人物として描写した[11]。

　フランシスカに関する初めての個別研究を行ったジョルダーノは、彼女を対抗宗教改革という時代背景に照らして理解しようと試みた。カランサの説教に見られる「キリストの恩恵（beneficio de Cristo）」という思想がフランシスカの幻視にも反映されている可能性や、同時代に活躍したテレサ・デ・アビラやフアン・デ・アビラ（1500-1569 年）らによる教会改革運動との関連、さらには異端審問記録を女性の宗教体験を読み解くための史料として活用する可能性について論じた[12]。

　近年の研究における最大の成果は、オールグレンによるフランシスカの審問記録の英訳（部分訳）の刊行である。この業績により、一次史料に基づいてフランシスカの研究を行うことが格段に容易になった。さらに、この刊本に付された解題は、フランシスカに関する初めての本格的な研究にもなって

いる。解題では、審理全体の経過を整理した上で、彼女が異端として裁かれた理由について、幻視そのものよりも、その幻視を通じて外部世界に影響力を行使しようとした点にあると論じられている[13]。

　女幻視者の多くは異端審問による迫害を経験している。死後に列聖されたテレサ・デ・アビラも、生前には異端審問による迫害を経験している。しかしテレサが最終的には異端宣告を受けなかったことが、列聖されるためには決定的に重要であった。異端宣告を受けた女幻視者が、後に名誉回復され、再評価されることはない。フランシスカの場合は異端宣告を受けたため、後世に足跡を残すことはなかった。

　トレード大司教バルトロメ・カランサが釈放され、彼が教会改革を担うことになるというフランシスカの予言は外れた。それどころか、フランシスカ自身が逮捕され、異端宣告を受けることになった。その結果、修道院創設の計画も頓挫した。威圧的な審問官を前に、どんなに弁明しても無駄だと悟った彼女は、修道女になることをあきらめ、牢獄で知り合った男性と結婚することを決意した。

　こうした事実から、フランシスカの試みは失敗に終わったとの評価がなされている。失敗の原因として、特定の修道会との結び付きを持たないベアータという身分（宗教生活を送る俗人）[14]であったこと、高名な聴罪師の指導を受ける機会がなかったこと、そしてそのために彼女の幻視を信用させることができなかったこと、といった点が指摘されている。

　オールグレンによれば、フランシスカとテレサ・デ・アビラは、ともに幻視という神からの啓示を根拠に修道院を創設しようとした点が類似している。しかし、テレサは、徐々に幻視を自らの主張の根拠とすることをやめ、教会や聖職者への服従を強調するようになっていった点で、フランシスカとは異なっている。また、テレサは霊的指導者や神学者の助言を受けながら自身の考えを神学的に表現する能力に長けていたが、フランシスカはこの能力が欠けていたとされる。このように、フランシスカについて初めての本格的な研究を行ったオールグレンでさえも、フランシスカの失敗の原因を追及す

る姿勢に終始している。

　これまでフランシスカが正当に評価されてこなかったのは、彼女の活動の一部、例えば幻視などが注目される一方で、フランシスカを総体として理解するための枠組みが欠けていたことに起因している。それに対して本稿では、フランシスカを総体として理解するためには、彼女をスペイン神秘主義の文脈の中で捉える必要があると主張する。以下に本稿の概要を示す。

　第1節では、フランシスカの生い立ちと逮捕に至った経緯を論じる。幻視を体験した女性は、教会を介さずに神と直接つながろうとしたため異端とみなされたとよく論じられる。しかし「幻視」という異端のカテゴリーは存在しないし、幻視を見たことが直接の逮捕理由ではない。逮捕には複数の要因が存在した。まず、無許可で修道院を開設したことにより、トレード大司教区による査察を受けたこと。加えて、エストレマドゥーラ地方でアルンブラードが発見されたことをきっかけに、他の地域でも調査が行われた結果、フランシスカが注目され、逮捕に至ったのである。

　第2節では、彼女が修道院の創設計画を構想するに至った背景としての、ベアータが置かれた困難な状況について論じる。1570年代にはベアータという身分を維持することが困難になったために、フランシスカは禁域の修道女になろうとしたのである。

　第3節では、フランシスカの幻視の内容とその意味について論じる。彼女の幻視はおおよそ2つに分けられる。1つ目の幻視では、トレード教会の腐敗に対して神が怒りを示した。それに対する解決策として、ローマで投獄されているトレード大司教カランサが、釈放された後に教会改革を担う人物として提示された。2つ目の幻視では、全聖人が嘆願して神の怒りを鎮めようとした。そして、最後の晩餐から磔刑に及ぶまでのキリストの生涯が再現され、そこでキリストが体現した美徳こそが神を満足させるものであることが示された。フランシスカは、キリストの美徳を世界に広めることが修道院創設の目的であり、幻視の意味であると理解したのである。

　第4節では、トレード大司教バルトロメ・カランサの釈放の予言について

8 第Ⅰ部　スペイン

論じる。ここでは、カランサ釈放を支持した聖職者グループが、フランシスカの予言を見出し、それを利用しようとした可能性について検討する。

　第5節では、フランシスカの陰に隠れていた妹のイサベルこそが、修道院創設計画の真の主役であったことを論じる。イサベルは、姉よりも霊的気質が強く、幼少期から神秘体験に恵まれていた。修道院創設計画を立案したのは妹のイサベルであったが、創設許可を得るために突如としてローマへと出立してしまった。このイサベルの不在が、フランシスカの幻視を誘発したと考えられる。

　第6節では、悪魔憑きについて論じる。ここでは、フランシスカが幻視を体験した後に悪魔に憑かれた点に注目し、神からの恩恵である幻視と、その対極にある悪魔憑きという相反する体験が、彼女の中でどのように整合していたのかを検討する。悪魔憑きの体験もまた、神との関わりの一部であったことが明らかになる。

　第7節では、フランシスカをスペイン神秘主義の文脈の中で評価すべき人物であると論じる。幻視、悪魔憑き、そこからの快癒、そして幻視の中で示された修道院創設計画。前節までに論じたこれらのテーマを一貫性のあるものとして理解するためには、彼女がスペイン神秘主義の基本的な祈りの方法である「心の祈り（oración mental）」の実践者であり、それを通じて自己の「完成（perfección）」を目指していた人物であったことに注目する必要がある。

1　フランシスカの逮捕

生い立ちから逮捕まで

　トレードの異端審問所で行われた最初の聴聞（1575年10月5日）で、審問官フアン・デ・リャノ・バルデスを前にフランシスカが語った内容が、彼女の来歴に関するほぼ唯一の情報源である[15]。主に彼女の証言をもとに、生い立ちから逮捕に至るまでの経緯を以下に述べる。

フランシスカは 1539 年頃にトレード近郊のノベスで生まれた。逮捕時には 36 歳であった。父はマドリード在住の絵師であり、母はすでに亡くなっていた。フランシスカは 6 人兄弟であった。そのうち男子が 3 人（絵師が 2 人、縄職人が 1 人）、女子が 3 人である。男子のうち 2 人は結婚していたが、女子はフランシスカを含めて 3 人とも未婚かつベアータであった。

フランシスカは 16 歳のとき、父に連れられてトレードに移り、サンタ・マリーア・ラ・ブランカ教会に預けられた。この教会はかつてはユダヤ教のシナゴーグであり、その後は売春婦の矯正施設となったが、フランシスカが預けられた当時は修道院の寄宿学校のような施設になっていた。この施設では、祈りの生活を送りながら、宗教教育や手仕事を学ぶことができた。もともと売春婦の矯正施設であったため、フランシスカは、女たちが貧困のために身を持ち崩し、売春婦にならざるを得なかった現実を目の当たりにしていたはずである。

フランシスカはここで 8 年間を過ごした後、24 歳のときに施設を出た。この種の施設では、ある年齢に達すると、そのまま施設に残るか、世俗の世界に出るかを選択することが一般的であったが、彼女は後者を選択したことになる。その後、おそらくは 2 人の姉妹（イサベルとマリアーナ）と一緒に部屋を借りて暮らしていたと考えられる。

いつ頃から宗教的召命を抱くようになったのか、そして、フランシスカ・デ・アビラが、いつから「使徒のフランシスカ（Francisca de los Apóstoles）」を名乗るようになったかは不明である[16]。彼女は、貧困のために堕落していく女たちを見て、貧民や売春婦の救護活動を始めたのだろう。

サンタ・マリーア・ラ・ブランカ教会を去ってから逮捕されるまでの約 12 年間、彼女は「ベアータ」を名乗っていた。その実態は、結婚することも修道女になることもなく、いかなる組織にも属さない、寄る辺のない身分であった。彼女は貧民や売春婦の救護活動を行いながら、手仕事で生計を立てていた。この、誰からも保護されることのなかった約 10 年の間に、彼女は、自分たちが生きてゆくための空間を確保することの必要性を痛感したに

違いない。そしてこの経験が、修道院創設計画へとつながった。ベアータに
関する研究史においては、ベアータたちは、トレント公会議以降の政策に抵
抗し、禁域の修道女になることを拒み続けたとされる。しかしフランシスカ
は、生存空間を確保するためには、ベアータであり続けるよりも、禁域の修
道女になる方が良いと考えたのである。

　彼女はこの期間、家で働きながら、若い女たちに自活の方法を教えてい
た。「私は多くの若い娘や婦人たちが身を持ち崩すのを見てきたので、何人
かを家に連れてきて、私が知っている針仕事を教えた」[17]。彼女が持参金な
しの修道院を創設しようとした際、トレードの人々が次々と支援を申し出た
のは、10年以上にわたるフランシスカの慈善活動が高く評価されたからだ
ろう。

　フランシスカは、サンタ・マリーア・ラ・ブランカ教会を去った後も、こ
の教会があるサント・トメ教区に住み続けた[18]。つまり、トレードに来て以
来ずっと、彼女の生活圏は貧しいコンベルソ（ユダヤ教からの改宗者とその子
孫）が多く居住する旧ユダヤ人街だった[19]。だから、将来修道院になるはず
の家を、富裕層が多く住むサン・サルバドール教区に借りることができたこ
とは、生活水準の向上を意味した。

トレード大司教区による査察

　フランシスカが借りた新しい家について、許可なしに修道院として運営さ
れているという噂が広まったため、トレード大司教区を監督する統括委員会
（el consejo de la gobernación）によって査察が行われた[20]。

　一方、フランシスカは、トレード聖堂参事会員であるペドロ・ゴンサーレ
ス・デ・メンドーサの協力が得られたことで、創設の計画が一気に前進する
との期待を抱いていた。彼女は、統括委員会の総監から創設許可を得るべ
く、メンドーサに対して仲介を依頼していた。

　それまで創設許可が下りなかった最大の原因は、支援者が決まっていなか
ったことにある。持参金なしで修道女を受け入れるためには、富裕な支援者

がどうしても必要であった。富裕な（と称する）ポルトガル人女性が支援を申し出たときには、ついに夢にまで見た支援者が現れたと思われた。しかし、彼女は財産に関する訴訟を済ませてから戻ると言ってポルトガルに去ったまま、二度と戻ってはこなかった。洞窟で暮らしているとされるドン・フアン・デ・アウストリア（カール５世の庶子）の母親が支援者になるとの噂が流れたこともあった。また、フェリーペ２世の愛人とされるイサベル・オソリオが候補に挙がったこともあった。しかし、いずれの女性も支援者にはならなかった[21]。フランシスカがあれほどにカランサの釈放を熱望したのは、釈放された暁には、彼が創設許可と定収入を授けてくれるとの期待もあったからだろう。

　イサベル・オソリオからは、支援は断られたものの、王の聴罪師への口添えを約束された。そして王は、国王諮問会議を通じて、トレード大司教区に創設許可の検討を促した。フランシスカは、ここまで来れば許可が下りるのは時間の問題だと考え、修道院にするための家を借りた[22]。

　正式な許可を得る前に実質的に修道院を始めることは、決して珍しいことではない[23]。ただし、許可を求めた人物がカランサの釈放を予言したとなると、話は別である。もし、カランサが釈放されてトレード大司教座に戻ってくれば、カランサが不在の間に大司教区の運営を担っていた役人たちは、その職を失うことになる。トレードの聖堂参事会は総じてカランサ裁判の早期終結を望んでいたが[24]、カランサ不在の間に大司教区の監督・運営を任されていた統括委員会の総監が、自分の立場を危うくしかねないカランサの釈放と帰還を予言したフランシスカに許可を与えるとは考えにくかった。

　大司教区による査察の結果、処罰が下されることはなかった。しかしフランシスカは、これ以上創設計画を先に進めることはできないと考えた。新しい家での女たちとの共同生活は維持したが、聖務日課以外の活動はすべて中止した。フランシスカのもとを離れてゆく仲間もいた[25]。

12 第Ⅰ部　スペイン

アルンブラード裁判の余波

　フランシスカに対する密告は、彼女が逮捕される1年前に行われていた。その時点では、トレードの異端審問所は、捜査をするほどの案件ではないと判断した[26]。彼女の言動は、まだそれほど注目されていなかったからである。カランサの釈放を予言していたことは一部の人にしか知られておらず、彼女の行動には明確な異端とみなせるものがなかった。悪魔憑き騒動や幻視も異端とは言い難かったため、状況次第では逮捕されなかった可能性もあった。それにもかかわらず、いくつかの要因が重なったために、1年後に逮捕された。逮捕に直結した要因は、アルンブラード（照明派）の嫌疑である。

　ユダヤ教からキリスト教への偽装改宗者を裁くことを目的として15世紀末に創設されたスペインの異端審問制度は、それ以外の異端者を裁くことをほとんど想定していなかった。1520年代になってあらたにアルンブラードが異端のカテゴリーに付け加えられた。アルンブラードは、秘跡などの教会制度を批判し、内なる祈りを通じて神との直接的な交流を図ったとされる。ドイツで起こりつつあった宗教改革と類似した要素を持ち、しかもスペインにおいてもルター派の影響が懸念され始めたため、異端とみなされた。

　それから約半世紀後の1570年代初頭、スペイン南部のエストレマドゥーラ地方で、霊的指導者に服従を誓い、恍惚の中で神との一致を目指すベアータ集団が現れた。ドミニコ会士アロンソ・デ・ラ・フエンテは、この集団をアルンブラードの異端とみなし、マドリードの異端審問中央法廷に報告した。中央法廷は、他の地方にも同様の事例がないか調査を開始した。こうしてフランシスカは、エストレマドゥーラの事件の余波で逮捕されることになったのである[27]。ちなみに、後に列聖されるテレサ・デ・アビラもこの事件の巻き添えになった1人である。彼女は逮捕に至らなかったが、この余波のおかげで修道院創設活動を一時中断せざるを得なくなったのである。

2　ベアータたちの不安

1570 年代のベアータの状況

　ベアータとは、修道誓願をせず、あるいはせいぜい単式誓願（貞潔の誓願のみ）をして在俗で宗教生活を送る女性のことをいう。女性にとってベアータという身分は、結婚、修道女に次ぐ第 3 の選択肢であった。彼女たちは、独りで暮らすこともあれば、家族や仲間のベアータと一緒に自分の家やベアータ館（beaterio）で共同生活を送ることもあった。フランシスカのような個人ベアータの場合、通常は記録に残ることがないため、個人ベアータに関する審問記録は貴重である[28]。

　ベアータは、禁域の修道女とは異なり、宗教生活と社会活動を両立させることができた。そのことによって、社会に奉仕したいという欲求を満たすだけでなく生活の糧を得ることができた。針仕事、病人の訪問・介護、貧民の救護、孤児の世話、子供の教育、教会の維持・管理などが、ベアータに特徴的な活動であった。

　1570 年代には、ベアータたちは禁域の修道会に吸収される傾向にあった。トレント公会議が女子修道院に禁域を義務付けたことにより、在俗の宗教女性にも禁域を適用しようとする動きが強まったためである。ベアータに関する研究史において、ミウラ・アンドラーデスは、16 世紀末にはベアータたちが女子修道会に吸収されたため、ベアータの拡張運動は終息したと解釈する[29]。それとは逆に、ムニョス・フェルナンデスは、ベアータたちは禁域に抵抗し、様々な方法で生き残りを図ったと解釈する[30]。

　1570 年代にフェリーペ 2 世の命で行われた地理調査によれば、トレード市には 17 の女子修道院、そして 7 つのベアータ館があった[31]。自分の家で暮らしていた個人ベアータの数は不明だが、寡婦が都市人口の約 2 割に達していたことから、潜在的にベアータになり得る女の数も相当数であったと考えられる。

14 第Ⅰ部 スペイン

トレードのように絹織物業が盛んな都市では、女は独り身であっても針仕事などで収入を得て自活することが可能であった。しかし、16世紀後半には、繊維産業の衰退が進み、収入の手段が奪われた[32]。16世紀トレードの貧困問題を研究したリンダ・マルツによれば、1570年代にはトレードは長期的な経済停滞に見舞われていた。その一因は、王室による支払停止や大規模な増税などであり、特に繊維産業は深刻な打撃を被った。そして疫病にも見舞われた。1575年の報告によると、300人もの病人が施療院に受け入れられず、道端で死にかけていた[33]。個人ベアータとして自立した生活を維持できる条件は、次第に失われつつあったのである。

30歳を過ぎた女たちの不安

フランシスカは、24歳でサンタ・マリーア・ラ・ブランカ教会を退去して以来、手仕事で収入を得ながら、貧者や病人の救護活動を自分の使命としてきた。しかしベアータは、とりわけフランシスカのように修道会や第三会に所属せず個人で生活する場合、不安定な境遇に甘んじなければならなかった。彼女はすでに親元を離れていたため、親からの支援も期待できなかった。修道院創設の計画を立てたとき、フランシスカだけでなく、一緒に生活していた2人の妹もすでに30歳を過ぎていた。今後も個人ベアータとして生活していけるのか、考えざるを得ない年齢であった。フランシスカが、同じような年頃で、同じような不安を抱えた女たちを集めて持参金なしの修道院を作ろうとしたのは、このような理由からであったと考えられる。

彼女たちが修道院に集まった理由は、フランシスカの幻視の内容に惹かれたからというよりも、持参金なしの修道院だったからだろう。財政的な支援を表明してくれる女性が現れ、貧者のための修道院が創設されるとの噂が広まると、貧しい女たちが集まってきた。「そこで私は、貧困の問題に多くの需要があることを理解した。貧困ゆえに、多くの娘や未亡人が神を侮辱する行動を余儀なくされていることを理解した」[34]。

女のコミュニティ

フランシスカは、ミセリコルディア施療院の司祭であるミゲル・ルイスが妹イサベルの悪魔祓いを成功させたことを機に、彼を信頼し、聴罪師とするようになった。そのときから、フランシスカと、彼の「告解の娘たち (hijas de confesión)」との交流が始まった。ミセリコルディア施療院にはベアータ館が隣接しており、ここからベアータは外出することなしに施療院でのミサに参列することができた。おそらくフランシスカが交流するようになった告解の娘たちの多くは、このベアータ館のベアータであっただろう。施療院に隣接して生活する彼女たちには、貧民や病人の救護などの慈善活動に強い関心を持ち、フランシスカの活動に共感する素地があったと考えられる。

告解の娘たちは、聴罪師を比較的自由に変えることができた。また、同時に複数の聴罪師から指導を受けることもできた。評判の良い聴罪師のもとには、多くの告解の娘が集まった。ミゲル・ルイスはそこそこの規模の施療院の司祭であっただけでなく[35]、他の聴罪師から告解の娘を紹介されているので、評判の良い聴罪師の1人であったと考えられる。

このように、聴罪師を結節点とする女のネットワークが存在していた。彼女たちは単にミゲル・ルイスの指導を受けるだけでなく、彼の不在時にも女だけで集まり、「神のことについて話し合う」コミュニティを形成していた[36]。そして、その中からフランシスカの修道院に入ろうとする女たちが現れた。

しかし一方で、聴罪師への過度の依存は、異端審問への密告につながりやすかった。事実、この件において、告発は外部の敵ではなく、内部の仲間により行われた。フランシスカが幻視によって批判した相手は腐敗した高位聖職者だったが、彼女を異端審問に告発したのは、聴罪師を結節点とする女のコミュニティのメンバーであった。修道院になるはずの家に集まった彼女たちは、フランシスカと一緒に数ヶ月間の共同生活を送った後、フランシスカの幻視や悪魔憑きに疑念を抱き始め、各々の聴罪師にフランシスカの計画を報告した。聴罪師が異端審問に通報すると告解の守秘義務に反するため、こ

のような場合には、聴罪師は告解者に告発を勧めた。そして、もし異端審問に告発に行かなければ赦しを与えないことにした。

　フランシスカのもとに集まった女たちを特徴付けるのは、男の親族の不在である[37]。彼女たちは女だけで生活する未婚者であったり、夫や父がすでに亡くなっているか、消息不明であった。38歳のフランシスカ・デ・アギラールは、一緒に暮らす姪とともにフランシスカのもとに駆けつけた。フランシスカ・デ・サンティアーゴ（年齢不詳）も、姪とともに駆けつけた。一方、46歳のルイサ・デ・アギレーラは、2人の娘たちとともに駆けつけた[38]。34歳のフアナ・バウティスタは、小間物商の夫が不在であった[39]。フランシスカが借りた新しい家に最初にいた3人（それぞれ34歳、25歳、40歳）はいずれも高齢の母親と一緒に暮らしており、母親の反対を押し切ってフランシスカの修道院に駆けつけるつもりであった[40]。

　禁域を受け入れるということは、祈りの生活を送りながら社会活動を行えるというベアータの利点を捨てて、祈りの生活に専念することを意味する。それまで活動的な生活を送ってきたフランシスカが、なぜ禁域の修道院を創設しようとしたのか。

　禁域は、しばしば女性史家たちによって、女を抑圧する制度として描かれる。そして、ベアータたちは様々な方法で禁域政策に抵抗したとされる。しかし、多くの身寄りのないベアータたちにとって、禁域の修道院は自分たちを保護してくれる安全な空間であったのではないかと考えられる。

3　幻　　　視

幻視の共有

　聖体拝領の直後に幻視を体験することは、聖女伝にはよく描かれるトピックである。しかしフランシスカの場合、彼女が初めて幻視を体験したのは、ミセリコルディア施療院で聖体拝領をした直後ではなく、「サグラリオへ行け」との内なる声を聞き、大聖堂のヌエストラ・セニョーラ・デル・サグラ

第1章　フランシスカ・デ・ロス・アポストレスの幻視　*17*

リオ礼拝堂に移動してからであった。フランシスカは、人目のないミセリコ
ルディア施療院ではなく、トレードの住民にとって重要であり、衆目にさら
されている大聖堂のサグラリオの聖母の前で恍惚状態となり、幻視を体験し
た。そのため、幻視が人々にも知られるようになったのである[41]。

　幻視は、それを体験した本人にしか見えないため、個人的な妄想とみなさ
れる可能性が常につきまとった。その内容を他者に伝え、他者を説得するた
めの工夫が必要であった。一般的に、幻視を体験した者はまず聴罪師に報告
し、その判断を仰いだ。聴罪師の承認を得て初めて幻視は公共性を持つよう
になった。

　サグラリオで幻視を見たフランシスカは、すぐにも施療院に戻り、聴罪師
のミゲル・ルイスに相談し、その判断を仰いだ。しかし、ミゲル・ルイスは
彼女の聴罪師になってから2ヶ月ほどしか経っていなかったため、すぐには
幻視を信じることができなかった[42]。

　ところが最終的には、ミゲル・ルイスはフランシスカの幻視を信じるに至
った。彼は、逮捕されてから1年以上が経過して行われた異端審問の聴聞に
おいて、長引く投獄生活に疲弊していたにもかかわらず、そして審問官の圧
力に屈しないことが異端宣告を意味するにもかかわらず、フランシスカの幻
視を信じているとの供述を撤回しなかった[43]。「最初はその内容を信じたわ
けではない」としていたミゲル・ルイスであったが、フランシスカが悪魔に
憑かれ、悪魔がフランシスカの口を借りて語り出すようになると、彼はフラ
ンシスカの中で超自然的な力が働いていることを認めざるを得なくなった。
ミゲルは祓魔師として有名であり、同様の症例を数多く見てきたため、フラ
ンシスカには他の女とは異なる何かを見出すことができたのであろう。

　幻視は体験者にとっては否定し難い事実であるが、第三者にとっては自分
の目で確認できないため、信じることが難しかった。幻視を信じてもらうた
めには、身体的な証拠が必要であった。聖母マリアの顕現を研究したウィリ
アム・クリスチャンによれば、幻視者が信用されるためには、目に見える証
拠が必要だった。それは中近世においては、しばしば聖痕として現れた[44]。

18 第Ⅰ部 スペイン

フランシスカの場合、身体現象として現れたのは悪魔憑きであった。悪魔憑きは他人にも観察ができ、共有可能な出来事である。それによってミゲル・ルイスはフランシスカの幻視を信じるに至ったのである。

幻視の内容

　フランシスカは、幻視を何度見たかについては明確に語っていないが、彼女の証言から推測するに、幻視はおおよそ「サグラリオの幻視」と「裁きの幻視」の2つに分けられる。

　1573年11月、妹のイサベルが修道院の創設許可を得るためローマに向かった後、フランシスカは、ミゲル・ルイスの告解の娘たちと一緒に修道院の創設を願って、祈り・断食・聖体拝領を続けていた。そうした生活を2ヶ月続けたある日、聖体拝領を終えると、「サグラリオへ行け」という内なる声が聞こえた。彼女はサグラリオの礼拝堂へ行き、内面に沈潜する祈りを行っていると、恍惚になり、幻視を見た。その幻視では、聖母が、息子であるキリストに次のように嘆願していた。「聖職者改革のため、ローマで投獄されているトレード大司教バルトロメ・カランサを、聖職者たちに授けて下さい」。

　翌日、再び聖体拝領を終えると、「サグラリオへ行け」という声が聞こえた。サグラリオに行くと、恍惚になり、幻視を見た。そして「あなたは霊を送り、地上の表面を新しくせよ」（詩篇104編30節）というキリストの声が聞こえた。しかし、神はこれに対して「息子よ、全地上を新たにすることを我に求むるは、あまりにも過ぎた願いである。なぜならば、彼らが我に加えし侮辱は計り知れぬほどに甚大であるからだ」と応じた。しかしキリストは、「彼〔キリスト〕を十字架にかけた者たちに捧げたのと同じ祈りをもって」人類を赦すよう神に求めた。そこへ聖母が割って入り、2つの修道院を神に差し出し、「これらの修道院は、人類が神に対して犯した侮辱を十分に償うものです」と話した。するとキリストが大司教カランサの腕を取り、神に差し出しながらこう言った。「彼は全聖職者を改革するにふさわしき者であり

ます」。

　フランシスカは、この2日にわたる幻視のことを「サグラリオで起こったこと」[45]と表現している。この幻視では、人類、特に聖職者身分による侮辱に対して神が怒りを表わした。そして神に対して赦しを求めたキリストが、トレード大司教バルトロメ・カランサを改革者として提示した。

　彼女は幻視の最後に、「全世界が悪魔に絡め取られ、すべての真実が暗くなるのを見た」。そして聖母がフランシスカに対して「すべての悪魔を受け入れ、その苦しみを引き受けられるかと尋ねた」。

　それから6ヶ月間、フランシスカは祈り続け、悪魔を受け入れるべきかどうか思案した。その間に、シエナのカテリーナの伝記の中に、カテリーナが教会のために悪魔によって苦しめられている一節を見つけた。これにより、フランシスカは悪魔を受け入れることを決意した。その1ヶ月後、彼女は悪魔に取り憑かれた。5ヶ月にわたる悪魔との闘いの末、フランシスカはこの闘いに勝利した。ある日、聖体拝領を終えると、「魂の中に大いなる平穏と安らぎ」を感じ、「すべての苦しみから解放された」。そして魂の内面でフランシスカがなすべき義務（obligaciones）が告げられた。彼女は自らの手でその義務を書き留めた[46]。

　悪魔に対する勝利の後、フランシスカが再び体験した幻視が「裁きの幻視」である。ある日、病床で眠りに落ちた彼女は、大声を上げて目を覚まし、恍惚状態に陥って幻視を見たのである。そこには怒りに満ちた神が現れ、十字架に磔にされたキリストが、人類の忘恩に対する裁きを神に求めていた。さらに、十字架から降ろされたキリストを腕に抱いた聖母が、同様に裁きを求めて嘆願していた。ペテロが現れ、腐敗した聖職者に対する厳しい罰を求めた。神は、全世界に対して裁きを下そうとしていた。

　その数日後、聖体拝領を終えると、フランシスカは恍惚状態に陥り、天から「神の裁き（la justicia de Dios）」が降りる光景を目撃した。「神の裁き」は白くまっすぐな形をしており、剣を握った天使たちに囲まれていた。「神の裁き」はその手に携えた執行状をフランシスカに示した。その執行状は、全

世界に対して5つの大罰（戦争、洪水、火事、飢饉、疫病）を与える効力を持っていた。そして、その災厄はトレードから始まることになっていた。そこへトレードの守護聖人である聖母が現れ、神に怒りを鎮めるよう嘆願した。フランシスカも聖母や全聖人と一緒に、裁きを中止するよう神に嘆願した。彼らはフランシスカに、目撃したことすべてを世に伝えるよう約束させた。

　幻視は、最後の晩餐の食卓の場面にかわった。そこでキリストは、膝を屈して使徒たちの足を洗っていた。「このような神の子の謙虚さに対して、誰が満足を与えられるというのか」という声が聞こえた。その声はフランシスカに向かって、「神の子と同じ謙虚さこそが、神の裁きを満足させられるものである、と言い伝えよ。それはあなたが創設する修道院において守られ、実行されるべき謙虚さである」と告げた。そして、キリストが磔にされるまでの出来事が再現された。

　次に、フランシスカは修道士と修道女の行列を見た。神（キリスト）はフランシスカに言った。「これらの修道士と修道女は、あなたが誓いを立てた義務と同じ方法で、私を満足させてほしい。毎週木曜日に聖体の祭りを行い、聖体を金曜日まで聖櫃に納めておき、金曜日の夜には修道士と修道女たちが一晩中そこにとどまって私が受けた苦難を瞑想し、俗世のこと完全に忘れて考えてほしい。土曜日には聖母の苦しみについて考えてほしい」。ここで幻視は終わった。

幻視のメッセージ

　フランシスカにとって、幻視が伝えようとしたメッセージは明確であった。それは、男女それぞれの修道院を創設し、そこでキリストの受難に報いるための贖罪行為を行うこと、男子修道院の司祭たちは世界中にこのメッセージを伝えること、女子修道院の修道女たちは祈りの生活を通じて司祭たちの活動を支えること、という使命であった[47]。

　この幻視には、異端的な要素は含まれていない[48]。地上で実現すべき部分だけを見れば、フランシスカの幻視のメッセージは、トレードの聖職者たち

第 1 章　フランシスカ・デ・ロス・アポストレスの幻視　*21*

にも十分受け入れられるものであっただろう。実際、ミゲル・ルイスをはじめとする何人かの聖職者たちは、このメッセージに共感して司祭のための修道院となるべき建物を探し、使徒的生活の準備を進めた[49]。また、フランシスカは女子修道院となるべき家を借り、その家に集まったベアータたちは、幻視のメッセージに従った生活を始めた[50]。

4　大司教釈放の予言

トレード大司教バルトロメ・カランサの逮捕

　フランシスカは、カランサが釈放され、彼こそが教会改革の担い手となると予言していたが、異端審問の法廷ではカランサについてほとんど言及しなかった。異端の容疑者に肩入れすることが危険であることを知っていたからだろうか。それとも、1575 年に釈放されると予言したにもかかわらず、実際にはそれが実現していなかったので言及を避けたのだろうか。カランサ支持を公然と表明することは、彼の逮捕を容認し、危機的な財政を補填するためにトレード大司教の収入を流用していた国王フェリーペ 2 世[51]を暗に批判することになるため、政治的には危険なことだった。だからこそ、カランサ支持の表明は直接的なものではなく、「予言」という婉曲的な方法によらざるを得なかったのだろう。

　カランサは、カール 5 世の随行団に加わり、トレント公会議 (1545-1563年) に参加したドミニコ会の神学者である。1554 年には、フェリーペ 2 世がメアリ・テューダーと結婚するためにイングランドに渡った際に、神学上の助言者として随行した。1558 年、フェリーペが彼をスペインの首座司教であるトレード大司教に任命したことは、国王の信任の厚さを物語っている。

　トレード大司教に就任したカランサは、1558 年 10 月にトレードに到着し、翌年 4 月に大司教区の巡察に出発するが、8 月に逮捕された。スペインの全聖職者の頂点に立ち、ハプスブルク家の 2 代にわたる王の信頼を得ていたトレード大司教が異端審問にかけられたことは、当時の人々に大きな衝撃を与

えた出来事であった。

　カランサ研究をほぼ独力で行ってきたテリェチェア・イディゴラスは、カランサは正統信仰の持ち主であり、その逮捕は彼の敵対者たちによって仕組まれた不当なものであったと主張した[52]。宮廷党派研究の立場からカランサ事件の文脈を明らかにしたマルティネス・ミリャンによれば、カランサの逮捕は、勢いを増しつつあるエボリ派に対して、凋落しつつあったアルバ派が仕掛けた最後の攻撃であったという[53]。また、ドゥドュが指摘するように、カランサ事件を適切に解釈するためには、スペインの動向だけでなく、教皇庁の動向も考慮に入れる必要があるだろう。1550 年代には、ローマにおいて、プロテスタント的傾向を疑われたジョヴァンニ・モローネやレジナルド・プールといった枢機卿たちが異端審問にかけられており、カランサは彼らの友人であった。スペインにおけるカランサ事件も、教皇庁の動向と無関係ではないのである[54]。

　カランサ逮捕の直接のきっかけは、彼が 1558 年に『キリスト教公教要理註解』を出版した際に、同じドミニコ会の神学者であるメルチョール・カーノによって、そのプロテスタント的傾向を非難されたことにある。しかも、同時期にバリャドリードで摘発されたルター派のうち、何人かはカランサの知り合いや弟子だったことが、異端審問官たちの心証を著しく害した。

　裁判は約 20 年にわたって行われた。逮捕から数年後、カランサはローマへの上訴を求めたため、スペインからローマに移送されて異端審問を受けることになった。1576 年 4 月に判決が下されたが、翌月、幽閉先の修道院で生涯を閉じた。

トレント公会議の影響

　フランシスカは異端審問の聴聞において、トレード大司教シリセオ（カランサの前任者）が亡くなったとき（1557 年）以来トレードに住んでいると証言している[55]。ということは、彼女はトレードに来てすぐに、大司教として赴任したばかりのカランサを目撃したはずである。しかし、カランサはすぐに

逮捕されたため、それ以降彼を見る機会はなかった。

　カランサこそは、対抗宗教改革の理念を体現した大司教になるはずであった。トレント公会議に参加した司教たち、例えばパンプローナ司教のアルバロ・デ・モスコソとディエゴ・ラミーレス・デ・セデーニョ、ブルゴス大司教のフランシスコ・デ・メンドーサ、クエンカ司教のミゲル・ムニョスとベルナルド・デ・フレスネダ、グラナダ大司教のペドロ・ゲレーロ、バレンシア大司教のフアン・デ・リベーラらは、トレントで盛り上がった教会改革の機運をスペインに持ち帰り、各司教区レベルで教会改革を実施した。彼らは司教の権限を強化することによって、司教区の宗教生活全般の管理を目指した。司教の常住、セミナリオの設置、司教区巡察などがその具体例である[56]。フランシスカが唯一目撃したことのあるトレード大司教には、このような役割が期待されていたし、彼女もそれを期待していただろう。

　トレント公会議が終了したのは1563年である。スペインは他国に先駆けてトレントの布告を受け入れ、公会議の決定に従い、スペインの各大司教管区において管区会議を開催した。1565年にはトレードでも大司教管区会議が開催された[57]。同じ時期に、サンタ・マリーア・ラ・ブランカ教会を出て、個人ベアータとして市井での生活を始めたばかりのフランシスカが、トレードの教会改革熱に接し、それに触発されたとしても不思議ではない。実際、禁域の修道院の創設や、セミナリオの設置といったフランシスカの計画には、トレント改革の影響を認めることができる。

　カランサ逮捕後、トレード大司教の座は約20年間不在のままだった。特に救貧政策は、カランサにとって懸念材料であった。彼がトレードに着任した際、最初に手掛けた事業の1つが、貧民へのパンの配給を監督することであった[58]。しかし、カランサの逮捕後、トレードの救貧政策は滞った。フランシスカは、大司教の不在が女の貧困の原因であり、大司教が釈放されれば問題は解決すると考えた[59]。

　フランシスカはサンタ・マリーア・ラ・ブランカ教会を退去してから10年以上、個人ベアータとして貧困女性の世話を続けてきた。トレードの街中

24 第 I 部　スペイン

で活動するそのような姿が評価されたためであろう。フランシスカとイサベルが修道院創設計画を立てた際には、何人かの高貴な女性が資金援助を申し出た。しかし、最終的にはそれらの女性はいずれも支援から手を引いた。フランシスカは、修道院創設のための支援者を見つけることができなかったばかりか、創設許可を得ることすらできなかった。彼女が幻視を見たのはちょうどその頃である。幻視では、カランサが釈放された暁には彼が修道院に定収入を授けてくれることになっていた。彼女はもはや、カランサの釈放に望みを託すしかなかった。

　こうしてカランサの釈放を願ったフランシスカであったが、彼女自身もカランサと同様に、異端審問にかけられることになった。

フランシスカと聖職者グループ

　カランサが釈放される、あるいは釈放されたという噂は何度も流れていた[60]。したがって、カランサ釈放の予言はそれほど意外な内容ではない。意外さがあるとすれば、釈放の時期を 1575 年と特定したことにある。このように具体的な時期を示してしまえば、後にも先にも引けなくなる。

　カランサの逮捕（1559 年）から 15 年も経過しているにもかかわらず、カランサとはほとんど接点のなかったフランシスカが、突如としてカランサ釈放運動の担い手となった点も意外である。誰かに吹き込まれた可能性はないのだろうか。

　フランシスカについての唯一本格的な研究を行ったオールグレンは、フランシスカとカランサ事件の関連についてほとんど追及しなかった。この点を、ケーガンは、オールグレンの研究のわずかな瑕疵として指摘した。ケーガンによれば、フランシスカがカランサを支持する聖職者グループとつながりを持っていたことが、彼女の逮捕の一因だった可能性があるという[61]。

　一方、オールグレンがフランシスカとカランサの関連を追及しなかったことにはそれなりの理由があった。審問官は、カランサ釈放の予言が含意する政治的危険性について鈍感であったためか、フランシスカの聴聞において、

カランサ釈放の予言について問い質さなかった。そのため、少なくともフランシスカの審問記録を読む限りは、フランシスカとカランサの表立った関連を見つけることは難しいのである。

しかしながら、ケーガンの示唆に従い、フランシスカの背後にカランサ釈放を願う聖職者グループが存在していたと想定してみると、事件にあらたな光を当てることができるように思われる。

フランシスカが単に予言を行っただけでは、それほど大きな事件にはならなかったはずである。その後、彼女を利用しようとする聖職者が集まって来たからこそ、世に知られる事件となった。ある聖職者（ペドロ・チャコン）は、フランシスカに関する証言において、彼女のことを「良き宗教者」と見ていたが、彼女はミゲル・ルイスと知り合ったことにより異端審問の手に落ちるまでになった、と証言している[62]。

フランシスカは、妹イサベルの悪魔祓いに成功したミゲル・ルイスを信頼し、彼を自らの聴罪師に選んだ。サグラリオで幻視を体験したときには、真っ先にミゲルに相談した。幻視の真偽を判定するには、男性聖職者の権威が必要だったからである。

一方、ミゲル・ルイスの方も、フランシスカを指導することには利点があった。ミゲルは、フランシスカの生涯を記録しなければならない、と語っていた[63]。聖女の霊的指導者となり、彼女の伝記を執筆することで名声を得ようとする聖職者としての功名心もあったであろう。近世において圧倒的な人気を誇った聖女伝はシエナのカテリーナであり、その伝記を著したライムンド・ダ・カプアは、聖女との関係における聴罪師の模範になっていた[64]。当然、ミゲル・ルイスは、フランシスカを指導する際に、ライムンド・ダ・カプアを意識していただろう。フランシスカは、カテリーナの伝記の中に、カテリーナが教会のために悪魔を受け入れる場面を見つけ、悪魔を受け入れる決意をしたと証言している。もしかしたら、この伝記を読むよう勧めたのは、ミゲル・ルイスだったかもしれない。

フランシスカの幻視と予言に惹きつけられて、在俗聖職者のポーラスやク

26 第Ⅰ部　スペイン

アドラ、跣足フランシスコ会のフライ・フアン・バウティスタらも彼女のグループに加わった。ポーラスは、彼女たちに代わって修道院創設の許可を得るためにローマ行きを申し出た。自分は 7 回もローマに行った経験があるから許可を得るのはたやすいと豪語して、まるで、聖女たちの修道院創設の手柄は自分のものであると言わんばかりであった。フライ・フアン・バウティスタは、大貴族の未亡人であるレオノール・メンドーサに掛け合い、コルプス・クリスティ教会を創設される男子修道院のために使用する許可を求めた[65]。

　フランシスカの評判が広まると、幻視者や、予言者を自称する人々も集まって来た。クアドラなる聖職者は、彼女たちがトレードで修道院を創設することを 20 年前に見た幻視によって予見していた、と主張した[66]。さらには、「神の隠れた予言者（profeta encubierto de dios）」であり、「全世界を救うための第 2 のキリスト」を自称するフアン・デ・ディオスも加わった[67]。

　これらの者たちは、フランシスカの予言にしたがって使徒的生活の準備まで始めたが[68]、トレード大司教区や異端審問所が調査を開始すると、ミゲル・ルイスを除いて全員が手を引いた。幻視者クアドラは、「あの幻視は夢であったから何でもないと思ってくれ」と言い出した[69]。ポーラスもローマ行きを断念し、彼と一緒に行くことになっていたフライ・フアン・バウティスタも、病気を口実にローマ行きを取りやめた。

　ミゲル・ルイスを始めとする聖職者グループがカランサを支持していた証拠は、少なくとも審問記録には見つからない。彼らはフランシスカが逮捕された際に自発的に出頭したが、ミゲルを除いては逮捕されるには至らなかった。

　しかし、フランシスカと接触した聖職者の中で、明確にカランサを支持していた人物が 1 人いた。ペドロ・ゴンサーレス・デ・メンドーサである[70]。

　ペドロはトレード大聖堂参事会員であり、母方が大貴族メンドーサ家の当主であるインファンタード公家の出身だった。1567 年には、投獄されているカランサと面会するために、トレード大聖堂参事会によってローマに派遣

されたことがある。ペドロとフランシスカがどのように知り合ったかは詳らかではないが、妹のイサベルは、修道会創設の許可を得るためにローマに行った際に、現地でペドロと面会している[71]。また、ペドロは帰国後、フランシスカとイサベルの求めに応じて、トレード大聖堂でカランサ釈放を願うミサを9回行った。「カランサが釈放された暁には、カランサが教皇になり、ペドロがトレード大司教になる」とのフランシスカ（もしくはイサベル）の予言を聞き、ペドロは滂沱の涙を流したとされる[72]。

　フランシスカとイサベルはペドロ・ゴンサーレス・デ・メンドーサの支援を当てにしていた。彼の口利きでトレード大司教区から創設の許可が下りることを期待していた。

ルクレシア・デ・レオンとの比較

　フランシスカの約10年後に、同じくトレードの異端審問法廷で裁かれたルクレシア・デ・レオンの事例は、ケーガンの研究とその邦訳により我が国でも知られている[73]。ルクレシアは、無敵艦隊の敗北やスペイン崩壊についての予言的な夢を見、その夢がフェリーペ2世への批判を含んでいたため、異端審問にかけられることになった。実は、フランシスカの予言に惹きつけられ、フランシスカと親交を結んだフアン・デ・ディオス（神の隠れた予言者）と、跣足フランシスコ会のフライ・フアン・バウティスタは、ルクレシア・デ・レオンの裁判にも登場する。女予言者の周囲には、似たような人物が集まるものである。

　フランシスカとルクレシアには、様々な類似点が見られる。両者ともに市井の女性であったが、その予言が聖職者の注目を集めたことで事件が表沙汰になった。フランシスカの場合、聴罪師ミゲル・ルイスが彼女に憑依した悪魔の語りを記録した。一方、ルクレシアの場合、トレード大聖堂参事会員アントニオ・デ・メンドーサが彼女の夢を記録した。両者ともに、異端審問においては予言の由来が神によるものか悪魔によるものかが問題になり、最終的には悪魔の仕業と断定された。

28 第 I 部 スペイン

　ケーガンはルクレシアに関する研究において、彼女を支持した集団がフェリーペ 2 世に不満を持つ宮廷党派とつながっていたこと、そしてこの党派が、国家機密漏洩の罪で逮捕されたフェリーペ 2 世の秘書官アントニオ・ペレスの釈放を求めていたことを明らかにした。女予言者の背後には、王によって不当に逮捕された人物の釈放を望む宮廷党派が存在するというこの構図は、フランシスカの事例にもおおよそ当てはまるのではないか。

　前述のマルティネス・ミリャンの図式を借りるならば、1579 年のアントニオ・ペレスの逮捕も、その 20 年前のバルトロメ・カランサの逮捕も、アルバ派によるエボリ派への攻撃という文脈で理解することができる。どちらの場合も、逮捕を主導したのは、王の聴罪師でありアルバ派に属するドミニコ会士ディエゴ・チャベスであった。攻撃を受けたエボリ派は、逮捕を黙認したフェリーペ 2 世を批判し、カランサとペレスの釈放を要求した。

　フランシスカの件でもルクレシアの件でも、フェリーペ 2 世に批判的であり、逮捕された人物の釈放を求めたのはメンドーサ家の人々であった。フランシスカの場合はペドロ・ゴンサーレス・デ・メンドーサ、ルクレシアの場合はアントニオ・デ・メンドーサである。いずれもグアダラハラのインファンタード公家（メンドーサ家の宗家）の出身であり、ともにトレード大聖堂参事会員である。グアダラハラこそは、インファンタード公の庇護下でスペイン神秘主義の胚胎の場となった都市である。メンドーサ家の人々には、エボリ派を特徴付ける（異端的でさえある）神秘主義に関与する者が多かった[74]。

　フランシスカの件において、ペドロ・ゴンサーレス・デ・メンドーサがエボリ派と明確に関係を持っていたかは詳らかではない。しかし、トレード大聖堂参事会は一貫してカランサの釈放を求めており、ペドロもその一員であった。彼らはカランサ釈放を祈願する行列を組織しようとしたが、王室によって阻止されていた[75]。

　ケーガンによれば、ルクレシアを支援したアントニオ・デ・メンドーサは、教会管轄権の売却といった、トレード大聖堂参事会に影響を及ぼすフェリーペ 2 世の教会政策に異議を唱えていた。特に彼らの不満点は、異教徒と

の戦いを助けるために教皇がスペイン国王に対して認めた聖職者課税（エスクサードとスブシディオ）に集中していた[76]。同じ不満を、ペドロ・ゴンサーレス・デ・メンドーサも共有していたのではないだろうか。

フェリーペ2世に不満を抱き、アントニオ・ペレスの釈放を求めた集団にとって、フェリーペ2世を批判するルクレシアの夢は、彼らの意見を代弁するものであった。同様のことがフランシスカの件にも当てはまるのではないだろうか。おそらくフェリーペ2世に不満を抱き、カランサの釈放を望んでいたペドロ・ゴンサーレス・デ・メンドーサは、カランサの釈放に関する幻視を見たフランシスカに、自らの代弁者を見出したのであろう。

5　イサベルの不在

修道院創設は誰のアイディアか

フランシスカがトレード大司教カランサの釈放に関する幻視を見たため、研究史ではフランシスカが創設活動の主導者であったことが暗黙の前提とされてきた。しかし、実際には最初の発案者は妹のイサベルである[77]。この事実が見えにくかった理由は、イサベルの審問記録が失われているため彼女に関する情報が少ないことに加え、イサベルが1年間不在にしていたことにある。

主にフランシスカの証言に依拠すると、イサベルが創設を思い立った経緯は以下の通りである。

1570年頃、イサベルは病気を患い、病床で1年を過ごした。医師による治療の試みが失敗すると、サン・フアン・デ・ロス・レイェス教会の祓魔師アロンソ・エルナンデスが紹介された。彼は5ヶ月にわたり悪魔祓いを行ったが効果はなく、イサベルは正気を失い、通りや川べりを徘徊することもあった。次に紹介されたのがミセリコルディア施療院のミゲル・ルイスである。彼はイサベルに対して通常の悪魔祓いは行わず、服装を質素にし、家に籠って祈りと聖体拝領を行うよう助言した。その結果、1週間もすると正常

な判断力が戻り、家で仕事ができるまでに回復した。これを機に、イサベル
は祈りや贖罪行為（裸足で歩く、断食、頻繁な聖体拝領）に打ち込むようになっ
た。彼女は姉のフランシスカに対しても、「聖職者身分のため、そしてカト
リック信仰の拡大のために」断食などの霊的実践に打ち込むよう勧めた。
1573 年頃には修道院の創設計画を立て、修道院の規則も書き上げた[78]。

　計画を主導したのがイサベルであったことは、証人たちの反応からも推測
できる。1575 年 10 月にフランシスカとイサベルが逮捕されたときに、関係
者たちは自発的に異端審問所に出頭して証言を行ったが、その内容の多くは
イサベルに関連するものであった。また、証人の数の多寡は事件の重要性の
指標となるが、イサベルの証人が 65 人だったのに対し、フランシスカの証
人は 27 人にとどまる[79]。フランシスカ自身も、逮捕の原因が妹にあるので
はないかと疑っていたようである。

イサベルのカリスマ

　両姉妹はともに霊感が強い気質であった。ミゲル・ルイスは、初めて姉妹
に会ったときの印象を、「2 人とも同じ病を抱えているように見えた」と証
言している[80]。しかしふだんは妹の方が神秘体験に恵まれ、霊感が強かっ
た。そのような妹のことを、フランシスカは褒めそやしていた。フランシス
カは妹について、「シエナのカテリーナよりも聖女であり、神はイサベルを
使って世界を救おうとしている」[81]、「イサベルは神の心の中で育てられ、6
つか 7 つの守護天使によって守られている」[82]と語っていた。修道院創設を
思い立ち、そのために信心業に励む妹の姿を見たフランシスカは、「彼女は
私よりも若いけれども、私は彼女と同じことをした」[83]と語っていることか
ら、年下のイサベルに対して一目置いていることがわかる。

　しかし、イサベルの霊的気質は狂気と紙一重であった。フランシスカとイ
サベルが正気であるかを審問官が尋ねた際、ある証人は「彼女たちは正気だ
が、3 年前にイサベル・バウティスタが正気を失って通りをさまよっていた
と聞いたことがある」と証言した。また、別の証人は「彼女たちは正気だと

思うし、良いことをしていると思うが、イサベル・バウティスタがナイフを抜いて通りを歩いていたと聞いたことがある」と証言した[84]。

イサベルの不在とフランシスカの幻視の関連性

フランシスカが幻視を体験したのは、イサベルがトレードを不在にしていた約1年間に限られている。この事実はこれまで指摘されてこなかったが、フランシスカの幻視の原因や性格を考える上で、重要な手掛かりとなる。

イサベルは、修道院創設計画を立て、修道院の規則を書き上げると、支援者（謎のポルトガル人女性）を見つけてきた。この噂が広まると、創設を期待してベアータたちが集まってきた。しかし肝心のイサベルが、姉に詳細も告げずに突如としてローマへと出立してしまった。集まったベアータたちを前にして、フランシスカは、彼女たちを引き留めるために、修道院創設計画を正当化する必要性を感じたはずである。

フランシスカが初めて幻視を体験したのは、妹がローマへ出発してから2ヶ月後（1574年2月頃）のことである。フランシスカは、すぐにも幻視のことを聴罪師のミゲル・ルイスに相談しただけでなく、その内容を手紙でローマのイサベルに伝えるために、ミゲル・ルイスに書き取らせている。この事実は、イサベルの不在とフランシスカの幻視に強い関連性があることを示唆している。

その後、フランシスカは1574年6月頃に悪魔を受け入れる決意をし、悪魔に憑かれた。10月頃に悪魔に勝利し、悪魔から解放されると、再び幻視を見始めたが、12月に幻視は止んだ。その直後にイサベルがローマから帰還した。それ以降、フランシスカは幻視を見ていない。幻視が止んだ時期があまりにも絶妙であるため、もしかしたらフランシスカは、イサベルの帰還を予め知っていたのかもしれない。

イサベルは精神的に不安定で突拍子もない発言をすることがあったが、アイディアに富み、行動力もあった。創設を思い立ったのも、創設許可を得るためにローマへ行ったのも、創設のための支援者を探し出してきたのもすべ

32 第Ⅰ部 スペイン

て彼女の手によるものである。一方、姉のフランシスカは、審問官の質問に
対する受け答えから判断するに、理知的である。おそらく修道院の実務はフ
ランシスカが担うことが期待されていた。2人はペアで行動し、実務はフラ
ンシスカが、カリスマはイサベルが担ってきた。しかし、カリスマが不在に
なったことで、フランシスカがその役割を引き継がざるを得なくなった。

　フランシスカは、幻視の内容さえもイサベルのアイディアを借用していた
可能性がある。あるベアータによれば、イサベルは「悪魔に責められてい
て、大教会のサグラリオにおいてクリスマスの夜に悪魔祓いをした。彼女は
クリスマス頃にローマへ行った。彼女はローマから帰ってくると、私たち
に、トレード大司教の釈放を神にお願いしましょう、なぜなら彼は修道院創
設のために定収入を授けてくれるから」と言っていた。また別のベアータに
よれば、イサベルは「今から2年後にトレードに多くの悪が降りかかり、大
きな出来事が起こるだろう。私は世界を説教してまわる。私は真実を話さな
ければならない」と言っていた[85]。ここで語られている悪魔憑き、トレード
大司教の釈放、修道院の創設、トレードから始まる災厄といったテーマは、
フランシスカの幻視の内容とほぼ一致している。

　フランシスカはサグラリオで見た幻視について、すぐにローマにいるイサ
ベルに手紙で知らせた。しかし、イサベルは姉の幻視に対して不信感を抱い
たようである[86]。イサベルの立場からすれば、創設の立案者である自分が不
在の間に、姉にカリスマを横取りされたように感じたのかもしれない。一
方、フランシスカもまた、イサベルが自分の幻視を信じていないことを気に
かけていた。その結果、世界を救うためにすべての悪魔を受け入れるという
イサベルですら思いつかなかった大胆でアクロバティックな方法に訴えざる
を得なくなった。

　フランシスカは、幻視を見たことによって修道院の創設活動を始めたわけ
ではない。創設計画は、幻視を見る前から存在していた。その計画は、フラ
ンシスカよりも妹のイサベルに由来するアイディアである。イサベルが修道
院の規則を書き上げ、それを教皇に承認してもらうためローマへ発った2ヶ

月後、おそらくはイサベルの不在に誘発されて、フランシスカは幻視を体験した。つまりフランシスカの幻視は、創設を開始するためのものではなく、すでに存在していた創設計画を正当化し、意味付けるためのものだったと言えるのである。

6　悪魔憑きの意味

悪魔憑き

　悪魔憑き騒動は、17世紀、とりわけ1630年代から1640年代にかけて集中的に発生している。フランスではルーダンの事件が有名であるが、同じ時期にスペインでもマドリードのサン・プラシド修道院を舞台にした悪魔憑き騒動が起きている[87]。悪魔憑き自体は異端審問の対象ではないが、悪魔憑きに関連して異端審問所で裁かれた女性の事例は16世紀末から17世紀初頭にかけて増加していった。フランシスカは、こうした事例の中でも最も初期のものの1つである。

　これまでの研究史において、フランシスカが幻視を見た後に悪魔に憑かれたことはほとんど取り上げられていない。研究者たちは、啓示や幻視に注目するあまり、悪魔に関する記述を読み飛ばしがちである。フランシスカに関する研究を行ったオールグレンやジョルダーノも、この傾向に陥っている。サリオン・モーラは悪魔に憑かれたベアータたちの事例を研究したが、有益な見解は示していない。

　一般的な悪魔憑きの事例では、悪魔に憑かれた女性が祓魔師による悪魔祓いを受けて治癒する。つまり、悪魔憑きは悪魔祓いとセットになっている。しかし、フランシスカの場合は、自発的に悪魔を受け入れたため、悪魔祓いは行っていない。この点は、妹のイサベルが悪魔祓いを受けたこととは異なる。フランシスカは、自力で「悪魔との闘いに勝利し」、快癒したのである。

　フランシスカが悪魔の受け入れに同意したことは、17世紀であれば悪魔との契約とみなされかねない行為であった。しかし16世紀においては、悪

34 第Ⅰ部　スペイン

魔との契約はまだ表立って取り沙汰されていなかった[88]。

幻視から悪魔憑きへ

　フランシスカの事例で興味深いのは、神からの恩恵である幻視と、その対極にある悪魔憑きの両方を体験している点である。この、一見すると相反する２つの事象が、彼女の体験の中でどのように整合性を持つのかを検討することで、彼女にとっての悪魔憑き体験の意味が明らかになると考えられる。

　フランシスカは、「サグラリオの幻視」において、全世界を覆っているすべての悪魔を受け入れるよう聖母から求められた。そのときは回答を留保したが、それから５ヶ月が経ち、シエナのカテリーナの伝記の中に、カテリーナが教会のために悪魔によって苦しめられたという記述を見つけたことで、悪魔を受け入れる決意をした。決意から１ヶ月後、彼女は「自分の中に大きな闘いを感じ、それと同時に身体に苦痛を感じ、全感覚が奪われた。」彼女はこのことをミゲル・ルイスに報告しに行ったが、正常な判断力を失っていたためにうまく話すことができなかった。すると、彼女の中に入り込んでいたすべての悪魔が彼女の口を借りて「我々は高慢の悪魔である」と名乗り、語り出した。彼女が正気に戻ると、ミゲルは、悪魔が語った内容を彼女に説明した。この出来事以降、悪魔との闘いが始まり、「すべての悪魔が、人々が陥ったすべての悪徳を私に体験させた」。

　「悪魔に対して勝利した」のは、それから約５ヶ月後のことである。その日、すべての悪魔がフランシスカのもとにやってきて、神が降伏するよう命じたと報告した。悪魔たちは同様の報告をミゲル・ルイスにも行った。聖体拝領を終えた後、彼女は「それぞれの悪徳において神が侮辱されていることを理解した」。そして彼女は「それぞれの悪徳に対して何をなすべきかの義務を感じた」。彼女はその義務を書き留めた。書き終わると朝の７時になっていた。

　すると再び悪魔がフランシスカの感覚を奪い、彼女の口を借りてミゲル・ルイスに次のように語った。「書け、ミゲルよ、これは神の命令である。神

は私〔フランシスカ〕にこの悪徳を捨てるよう命じたのだ」。このようにして、フランシスカに憑いた悪魔たちは、人類が神に対して行ってきた侮辱の数々をミゲルに書き取らせた。フランシスカは、「悪魔がしゃべるごとに身体がばらばらに引き裂かれるように感じた」。悪魔には7種類があり、それぞれの悪魔について別々の日に同様のことが繰り返された。そして悪魔が語ったことをすべて書き留めると、彼女は「いかなる心の重荷もなくなり、とても自由で平穏になった。それ以来、いかなる悪徳も経験していないし、悪魔から闘いをしかけられてもいない」。

　以上は、審問官が「悪魔に対する勝利」について説明を求めた際の、フランシスカの回答である[89]。この回答から、彼女が悪魔祓いを受けることなしに悪魔憑きから快癒できた理由を知ることができる。彼女は、あらゆる悪徳を体験し尽くした果てに、「悪魔がいかにして人々に悪徳を通じて神を侮辱させるのかを理解し、またその対極にある美徳が悪徳を抑えることも理解した」と述べている。つまり、「美徳が悪徳を抑える」という理解に到達したことによって、彼女は悪魔から解放されたのである[90]。また、この理解を世に広めることが、修道院創設の目的となった。

悪魔と神の体験

　多くの悪魔憑きの事例においてそうであるように、フランシスカの場合も悪魔は神の命令によって送られてきた。そのため、彼女は悪魔憑きの体験を決して否定的には語っていない。

　「悪魔に憑かれたことは、神に仕えるための障害にはならず、むしろこれらのことが起こったすべての時間において、私の魂は内的な平穏を保ち、地獄や、全被造物から私に対する非難の声があがっても、神に仕えることを妨げるものではありませんでした。人間として物事を感じていても、内面的には神の意志と完全に一致していたし、今も一致しているからです。この内的な平穏によって、私の魂を所有しているのは神であり、悪魔ではないことを知っているし、これまでも知っていました。なぜなら悪魔は平穏ではなく、

闘いや恨みを引き起こすからです。悪魔が私を乱したのはすべて身体に関わることであり、魂には届かなかったのです」[91]。

　悪魔憑きの体験を通じて、フランシスカは、悪魔が所有していたのは彼女の身体だけであり悪魔の力は魂には及ばなかったこと、そして、魂を所有していたのは神であったことを理解した。彼女にとって、悪魔の体験は、その対極にある神の体験でもあったのである。

7　スペイン神秘主義の文脈

スペイン神秘主義

　ある証人が、フランシスカのことを「完成の生にいそしむ人」[92]であると表現している。「完成」とは、魂が神と一致することを意味する。したがってこの証言は、フランシスカが、スペイン神秘主義の文脈の中で評価されるべき人物であることを示唆している。

　彼女は異端審問の聴聞において、自己の「魂」について語り続けた。「魂」とは、人間そのものであり、神と一致すべき主体である。被造物的要素を取り除いて「魂」を純化し、「愛によって魂と神を一致 (la unión del alma con Dios por el amor)」させることが、スペイン神秘主義の目標である[93]。

　スペイン神秘主義は、托鉢修道会の改革派修道院を主な胚胎の場として16世紀初頭に成立した。その主張は、修道院に籠って祈りの生活に専念する修道士だけでなく、修道院の壁を越えて、俗人や女性を含むあらゆる身分の者にも開かれていた。主要人物として、テレサ・デ・アビラ、フアン・デ・ラ・クルス (1542-1591年)、イグナティウス・ロヨラ (1491-1556年) などがいる。

　1550年代になると、バリャドリードやセビーリャでルター派の集団が発見されたことにより、神との一致を目指す神秘主義は、ルター派との類似から異端視される傾向が強まった。また、ルター派やアルンブラードとして裁かれた人々の中には多くの女性が含まれていたため、女性が公然と神秘主義

的な主張を行うことにも厳しい目が向けられるようになった。このような状況下で、総審問官フェルナンド・デ・バルデスは、1559年に禁書目録を作成し、俗語で書かれた神秘主義文献をすべて禁書とした。

　フランシスカがサンタ・マリーア・ラ・ブランカ教会のベアータとなったのは、ちょうどこの禁書目録が作成された時期である。そのため、彼女は読み書きができたものの、神秘主義文献に触れる機会はほとんどなかったはずである。実際、彼女は異端審問の聴聞において、神秘主義文献の名を挙げていない。わずかに言及している文献は、シエナのカテリーナの伝記とヒエロニムスの書簡である。テレサ・デ・アビラもこれらの書物を読んでいたことから、両者には共通の読書体験があったことがわかる。フランシスカが幻視を「肉体の眼（ojos corporales）で見たのではない」と説明している点も、テレサと共通している[94]。テレサが読んでいたフランシスコ・デ・オスーナやベルナベ・デ・パルマなどのスペイン神秘主義の文献を、フランシスカも読んでいたのではないかと推測したくなる。フランシスカは、恍惚状態では魂に与えられるすべてのものの意味を一瞬のうちに理解できると主張し、それを「まるで歩きながら空を飛んで多くのものを見るかのようです」[95]と表現したが、これはオスーナ的な比喩である。フランシスカがオスーナを実際に読んでいたかどうかは不明だが、神秘主義の語彙に慣れ親しんでいたであろうことがうかがえる。

　神秘主義文献の不足を補ったのは、霊的指導者の存在である。たとえ文献がなくても（あるいは字が読めなくても）霊的指導者の助けによって霊の道を進むことができた。対抗宗教改革の時期には、教区民が教区司祭に対して年に1度の告解を行う義務が一般化していた。また、告解で自分の罪を打ち明けるためには、自分の内面（魂）を観察し、それを言語化する能力が必要であったため、良心究明（examen de conciencia）の習慣も広まっていた。告解は口頭で行うだけでなく、紙に書いた報告書を提出することもあり、これによって識字能力が涵養された。フランシスカや彼女の周囲に集まったベアータたちはおそらく貧困層であったが、彼女たちは霊的指導者である聴罪師に

38 第Ⅰ部　スペイン

自筆で作成した報告書を提出することができるほどの識字能力を備えていた[96]。

　フランシスカは、スペイン神秘主義に共通する祈りの方法である「心の祈り」の実践者である。最終的に神と一致するためには、心の祈りから始めて、最高度の祈りである観想（contemplación）に至らなければならない。この段階に達すると、魂は純化され、人間としての活動は停止した状態になる。この、いかなる活動もしていない（ように見える）無為の状態と、彼女の修道院創設や教会改革への希求は、どのように整合していたのだろうか。

悪魔憑きから霊的婚姻へ

　前節でも述べたように、彼女は教会の腐敗を糾弾する幻視を見た後、この世を覆うすべての悪魔を受け入れた。この悪魔憑きの体験を通じて、彼女は悪魔が支配できるのは身体のみであり、魂には入り込めないこと、そして悪魔に憑かれている時間でさえ、魂は神の意思と一致していることを理解した。悪魔に勝利すると、彼女はすべての苦しみから解放されたと感じた。「すべては終わった」という声が聞こえ、魂の中に大きな光が入るのを感じた。彼女はこれを神と魂の「交流」と表現している。そのとき聞こえた声が、悪魔ではなく神のものであると理解した理由について、彼女は次のように説明している。

　「内面も外面も悪魔に苛まれているとき、私の魂は常に闇に覆われ、全感覚も肉体も苦しんでいました。しかし、その光が魂の中に入ると、自分が闇や責め苦の外にいると感じ、内面に大きな神の優しさと愛を感じました。それがあまりにも大きいため、私の身体もその喜びに加わってしまいました。そのため、これは神からのものであると理解しました。魂には、神に関する知識と自分に関する知識が与えられました。悪魔と闘っているときには、同じようなことは経験いたしませんでした」[97]。

　また、彼女は悪魔に勝利した後の神と魂の「交流」を次のようにも説明している。

「悪魔に勝利したある日、聖体拝領を終えると、私は勝利を与えてくださった神に感謝しました。そして、義務を果たすことを誓い、悪徳に対抗するための美徳を授けてくださるよう神にお願いしました。すると、心に非常に熱いものを感じ、神の愛が心の中で交流したのです。私は悪魔との闘いに関して神に感謝し、その返礼として、神と私の魂を結び付けたいという欲求を感じました。神の愛の交流によって、私の心は高揚し、そこからすべての悪徳に抵抗し、容易に美徳を実践できる強さが私の中に残りました」[98]。

　ここで彼女が語っているのは「霊的婚姻」であり、これはまさに彼女の「神の意思との一致」の性格を表している。霊的婚姻とは、神と魂が溶解して1つの実体になることではなく、夫であるキリストと、妻であるフランシスカが、実体は別でありながらも、意思が一致している状態を表現するものである。結婚した夫婦が完全に同じ考えを持っている状態であると言ってもよい[99]。

　スペイン神秘主義は、魂が神と一致するための方法論を説く。その方法は様々だが、一般的には三段階（例えば「浄化道」「照明道」「合一道」といった）を経て神に一致するとされる。フランシスカが明確にこのような道程を説明しているわけではないが、サグラリオで幻視を見た後に悪魔に憑かれ、悪魔に対する勝利を経て、魂と神との交流を経験し、修道院創設に関する幻視を見たという経緯は、魂が神と一致するに至る道程に相当するものと思われる。

霊的婚姻から修道院創設へ

　フランシスカが到達した「霊的婚姻」は、神との融合の果てに無為に陥るとされる静寂主義（quietismo）とは異なる。また、「霊的婚姻」は、そこに到達することですべてが終わるような最終目標ではない。むしろそこがすべての始まりだとさえ言える。魂が「霊的婚姻」を達成することによって、自己の内面へと進もうとする衝動は止む。しかし、それまで内面への志向性を持っていた魂は、方向を変え、外部世界へと向かう。今や、（フランシスカの

40 第Ⅰ部 スペイン

意志と完全に一致している）神の意思を外部世界において実現すること、即ち修道院創設を通じて教会改革を行うことが彼女の使命となった。

　彼女の修道院計画の特徴は、女子修道院を創設するだけでなく、男子修道院を併設する点にある。フランシスカの使命は、神を侮辱してきた人々の悪徳を抑えるために、その対極にある美徳（キリストが体現した謙虚さなど）を世界中に広めることであった。この考えを広める役割を担うのは、男子修道院に住む「使徒」たちである。禁域修道院に住む女たちは外部世界での活動ができないが、修道院での祈りを通じて男たちの活動を支えることができる。たとえ女であっても教会改革に貢献できるという、フランシスカなりのアイディアである。

　ここで思い起こされるのは、テレサ・デ・アビラの修道院創設活動である。両者は同時代を生きたが、テレサは1515年生まれ、フランシスカは1539年生まれであり、24の歳の差がある。おそらく両者はお互いのことを知らなかっただろう。しかしそれにもかかわらず、両者には共通する多くの経験がある。ヒエロニムスの書簡を読んで修道女になることを志したこと、30歳を過ぎてから体験した幻視が修道院創設を正当化したこと、寄付金（もしくは持参金）なしで修道院を創設しようとして市民の反対に遭ったこと、異端審問による迫害を受けたこと、などである。

　特に注目されるのは、修道院創設の理由が類似している点である。テレサが1560年頃に聖ホセ修道院を創設しようと思いたったのは、フランスにおける異端（カルヴァン派）の進展に心を痛めていたからである。彼女は男子修道士のように説教によって異端と対決したかったが、女にはそれは許されていなかった。しかし女はそのかわりに、男子修道士を祈りや悔悛の業で支えることができるので、「たとえ禁域にあっても、神のために戦っていることになる」[100]のである。

　禁域修道院における女の観想が、外部世界における男の宣教活動の基礎となるという認識は、テレサとフランシスカに共通していた。両者ともに、観想的な生から始め、霊的婚姻（神との一致）を達成した後、最終的には活動

的な生へと進んだのである[101]。

　女子修道院に男子修道院を併設する、いわゆる二重修道院の構想は、テレサには見られない。女は祈り、男は福音を広めるという男女の役割分担を通じて、女の矩を超えることなく活動的な宗教生活を送ろうとしたフランシスカのアイディアは、テレサのさらに先を行く発想であった。

　ただし、フランシスカは神秘家としての経験が浅かった。テレサは20年かけて回心し神秘家として成熟していったが、フランシスカは神秘家として目覚めてすぐにその芽を摘まれてしまった。もし、フランシスカが異端審問によって裁かれることがなく、もっと霊的に成長する時間があったなら、全く違った結果になっていたかもしれない。

お わ り に

　トレードの現状を憂い、その打開を図ろうと修道院の創設に奔走したフランシスカだったが、支援者がなかなか決まらずに焦っていた。計画の真の立案者である妹のイサベルも突如としてローマへ出立してしまった。そのような中で、彼女は幻視を見た。霊的な気質の強い彼女は、たまたま幻視という形でトレードの現状を受け止めただけだったのかもしれない。人々に幻視を信じさせることは難しかったが、トレード教会の腐敗、カランサの不当な逮捕、女性の貧困問題といった彼女の認識自体は、全く正当なものであり、周囲の人々にも十分に受け入れ可能なものであった。

　幻視を見たことについて、フランシスカは、「窓辺から外の行列を眺めている」に過ぎず、「起こることに対して抵抗することはできないのです」と説明した[102]。しかし、フランシスカは、彼女がそう主張したように、幻視をただ呆然と眺める傍観者に過ぎなかったのだろうか。幻視の中で、彼女は人類に罰を与えようとする神に対して思いとどまるよう懇願し、全人類のために悪魔を受け入れる決意さえしている。つまり、彼女は幻視に対して能動的に参与しており、決して単なる「傍観者」ではなかった。彼女は神の呼び

42　第Ⅰ部　スペイン

かけに主体的に応答していたのである。

　フランシスカは、神から幻視を世に広めるよう命じられていたにもかかわらず、ためらいを感じたのか、それをミゲル・ルイスに書き取らせながらも公表せず、書き取った書類は棺の中に秘匿した。修道院の創設計画は進めていたが、幻視の詳細を知っていたのは、一部の聖職者と修道院に加わったベアータたちだけであった。幻視のメッセージは、批判の対象であった当の高位聖職者たちには届かなかったのである。

　ベアータとして自由に生きることができた状況は、1570年代には、禁域への圧力や経済的な停滞により失われつつあった。フランシスカはベアータ身分を捨てて、禁域の修道女になることを決意した。ただし彼女が構想した修道院は、禁域に閉じ込められるという後ろ向きなものではない。彼女たちが祈りによって男の使徒的活動を支えることにより、女であっても教会改革に貢献できるという前向きなアイディアであった。

　カランサの釈放を期待しながらも、ローマからのイサベルの手紙によれば、それが実現するかどうかは微妙な状況であった[103]。予言の年である1575年が近づくにつれ、釈放の望みが薄れたためか、2つ目の幻視、つまり「裁きの幻視」にはカランサが登場しなくなる。カランサが支援者となるはずだった修道院創設の計画も、頓挫しかけていた。

　結局、1575年にはカランサが釈放されるどころか、フランシスカ自身が逮捕されてしまった。審問官にカランサ釈放の予言が外れたことを揶揄されたとき[104]、フランシスカは痛いところを突かれたと感じたことだろう。

　確かに予言は外れたが、予言した年から1年遅れてカランサの釈放は実現した。ところがその直後にカランサは亡くなってしまった。フランシスカが予言したような教会改革者の役割を、カランサが担うことはなかった。

　予言が外れると、フランシスカの幻視は「馬鹿げたものに見えるようになった」とオールグレンは論じている[105]。結果だけを見ればそう見えるかもしれない。

　トレードからほとんど出たことがなく[106]、日々の生活に追われていたベ

アータが、女であっても教会改革に貢献できると考え、修道院を創設してキリストが体現した美徳を全世界に広めようとした。この途方もない発想は、少数の女性を相手に世界宣教の夢を語っていたアルカラ大学学生時代のイグナティウス・ロヨラを彷彿とさせる[107]。2人とも30代半ばであった。フランシスカは「使徒」を名乗り、トレードの街を闊歩し、女のコミュニティで幻視と教会改革について語っていた。そして異端審問にかけられた。同様に、ロヨラも「使徒」を名乗り、アルカラの街を闊歩し、女のコミュニティでカテキズムを教えていた。そして異端審問にかけられた。当時のロヨラの弟子たちは、師の大言壮語に付き合いきれなくなったためか、次々と彼のもとを離れていった。後にロヨラがイエズス会を創設し、世界布教を果たすことになるなど、当時は誰にも予想できなかったのである。たまたまロヨラは異端審問の試練を乗り切ることができたが、もし、フランシスカも異端宣告を受けていなければ、果たして、キリストが体現した美徳を世界中に広めるという使命を達成することができたであろうか。

1) 日本語の「幻視」には「まぼろしに過ぎないもの」という否定的なニュアンスがあるが、もとの語である visión は「視覚情報」というほどの意味であり、否定的なニュアンスはそれほど強くない。「幻視」は「啓示（revelación）」と表現されることもあるが、「啓示」は、「幻視」「幻聴」「予言」などを含む、より包括的な概念である。「啓示」の視覚的側面に注目すれば「幻視」と言うことができるが、実際には両者は区別されずに用いられることが多い。以上の理由により、本章では、それらの用語を必ずしも厳密には区別していない。
2) 池上俊一『少女は、なぜフランスを救えたのか―ジャンヌ・ダルクのオルレアン解放』NHK 出版、2023 年。
3) Bilinkoff, Jodi. "A Spanish Prophetess and Her Patrons : The Case of María de Santo Domingo", *The Sixteenth Century Journal*, 23 (1), 1992, pp. 21-34.
4) 拙稿「トレドのアルンブラード裁判（1524-40 年）―異端審問記録の解読」『スペイン史研究』12、1998 年、1-18 頁。
5) Haliczer, Stephen. *Between Exaltation and Infamy. Female Mystics in the Golden Age of Spain*, Oxford University Press, 2002. なお、ほぼ同じ時期にイタリアでも「偽の聖性」を希求した人々が裁かれている。ヴェネツィアの事例が、Jacobson

44 第 I 部　スペイン

Schutte, Anne. *Aspiring Saints : Pretense of Holiness, Inquisition, and Gender in the Republic of Venice, 1618-1750*, Johns Hopkins University Press, 2003.

6) 正確を期すると、iluso が「騙された者」、iludente が「騙す者」を意味する。トレードの異端審問法廷で裁かれた 26 件についての情報は、García Fresca, F. y Gómez del Campillo, M. *Catálogo de las causas contra la fe seguidas ante el tribunal del Santo Oficio de la Inquisición de Toledo y de las informaciones genealógicas de los pretendientes a oficios del mismo*, Madrid, 1903, pp. 123-125. Ilusos e iludentes を扱った研究として、Keitt, Andrew W. *Inventing the Sacred. Imposture, Inquisition, and the Boundaries of the Supernatural in Golden Age Spain*, Leiden, 2005 ; Guilhem, Claire. "L'Inquisition et la dévaluation des discours féminins", en B. Bennassar (ed.), *L'Inquisition Espagnole. XVe-XIXe siècles*, Paris, 1979, pp. 197-240 ; Pinto Crespo, Virgilio. "La difusión de la literatura espiritual en el Madrid del siglo XVII : los textos de María Bautista", *Edad de Oro*, 12, 1993, pp. 243-255 ; Giordano, Maria Laura. "Al borde del abismo : "falsas santas" e "ilusas" madrileñas en la vigilia de 1640", *Historia Social*, 57, 2007, pp. 75-98 ; Cánovas, Anny. "Santa fingida y falsos prodigios : El proceso instruido por el Tribunal de Toledo contra María Pizarro, ilusa (1636-1641)", en A. Arizaleta, *Pratiques hagiographiques dans l'Espagne du Moyen Âge et du Siècle d'Or*, II, Toulouse, 2005, pp. 97-118 ; Ibáñez Castro, Juan. "Entre el desafío y la locura : la beata Juana Bautista (Toledo, 1636)", en D. Moreno Martínez (coord.), *Herejía y sociedad : la Inquisición en el mundo hispánico*, Granada, 2022, pp. 65-85.

7) Archivo Histórico Nacional (Madrid), Inquisición, leg. 113, n.° 5. 以下、Proceso de Francisca と略す。

8) Keitt, *Inventing the Sacred.*

9) Beltrán de Heredia, Vicente. "Un grupo de visionarios y pseudoprofetas que actúan durante los últimos años de Felipe II", en *Miscelánea Beltrán de Heredia. Colección de artículos sobre historia de la teología española*, III, Salamanca, 1972, pp. 362-369.

10) Huerga, Álvaro. *Historia de los Alumbrados*, I, Madrid,1978, p. 232.

11) Rossi, Rosa. *Teresa de Avila. Biografía de una escritora*, Barcelona, 1984, p. 124.

12) Giordano, "Proyecto político y aspiraciones reformadoras en las cartas de una beata del siglo XVI en España", *Manuscrits*, 17, 1999, pp. 57-68.

13) Ahlgren, Gillian T. W. *The Inquisition of Francisca : A Sixteenth-Century Visionary on Trial*, Chicago, 2005. これは、フランシスカの審問記録のうち、彼女自身の直接の声を反映した手紙や聴聞を英訳したものである。そのため証人の証言などは収められていない。本章はこの英訳を参考にしたが、引用と訳は

第1章　フランシスカ・デ・ロス・アポストレスの幻視　*45*

すべて注 7）の手稿史料をもとに行う。

14）　ベアータについては第 2 節を参照。

15）　Proceso de Francisca, 169r-170v.

16）　彼女が構想する修道院の定員は 12 人であり、それぞれの修道女に使徒の名が
　　　割り振られることになっていた。また、併設される男子修道院の司祭たちは、
　　　全世界を廻る「使徒的活動」に従事することになっていた。Proceso de Francisca,
　　　24v, 84r.

17）　Proceso de Francisca, 171r.

18）　Proceso de Francisca, 170v.

19）　オールグレンやメリアンは、フランシスカがコンベルソであった可能性が高
　　　いと考える。その根拠として、職人階級の出身であること、祖先の名前につい
　　　てほとんど覚えていないこと、サンタ・マリーア・ラ・ブランカ教会がもとも
　　　とはシナゴーグであり、ここを退去してからもコンベルソが多いサント・トメ
　　　教区に住み続けたことを指摘している。Melián, Elvira M. "Antes de Francisca :
　　　la Beata Isabel Bautista de San Jerónimo o el origen de un proyecto reformista
　　　segado por la Inquisición Toledana en el siglo XVI", *Estudios humanísticos.*
　　　Historia, 12, 2013, p. 93 ; Ahlgren, *The Inquisition of Francisca,* p. 12.
　　　　コンベルソは外面的で形式主義的な宗教を嫌い、内面的な宗教を志向した。
　　　ここから、スペイン神秘主義の担い手の多くがコンベルソであったことの説明
　　　がつく。コンベルソはまた、その急進的な改革思想がプロテスタントの宗教改
　　　革に極めて近かったため、異端の疑いをかけられることもしばしばであった。
　　　しかし、たとえフランシスカがコンベルソの家系だったとしても、この出自が
　　　彼女の人生にどのような影響を与えたのかを明らかにすることは難しい。16 世
　　　紀初頭に生まれ、コンベルソの出自を隠さなければならなかったテレサ・デ・
　　　アビラの世代とは異なり、1539 年生まれのフランシスカはコンベルソの第 3 世
　　　代（改宗したのは祖父母かそれ以前の世代）であり、出自についてそれほど意
　　　識する必要がなかったと考えられる。16 世紀後半になると、異端審問において
　　　も出自に関する質問は形式的なものとなっており、フランシスカが自らを「旧
　　　キリスト教徒」と名乗った際も、審問官はそれ以上の追及をしなかった。拙稿「
　　　コンベルソと血の純潔」『歴史学研究』846、2008 年、155-163 頁。「コンベルソ
　　　の同化戦略：セペダ家のイダルゴ訴訟（1519-1522）」『カルチュール』6 (1)、
　　　2012 年、23-37 頁。

20）　Proceso de Francisca, 31r.

21）　Proceso de Francisca, 54v, 118r, 178v.

22）　Proceso de Francisca, 178v, 179r.

23）　Atienza, Angela. *Tiempos de conventos. Una historia social de las fundaciones en*

46 第Ⅰ部　スペイン

la España Moderna, Madrid, 2008, p. 38.

24) Tellechea Idígoras, José Ignacio. "Memorias sobre el proceso y muerte del Arzobispo Carranza", *Príncipe de Viana*, 38 (146-147), 1977, pp. 219-260.

25) Proceso de Francisca, 181r.

26) Proceso de Francisca, 2r-3r.

27) Huerga, *Historia de los Alumbrados*, I, pp. 232-233.

28) 拙稿「トレント公会議後におけるベアータの状況」『西洋史論叢』36、2014 年、39-47 頁。「ベアータ研究の新しい潮流」『人文研紀要（中央大学）』80、2015 年、65-91 頁。

29) Miura Andrades, José María."Formas de vida religiosa femenina en la Andalucía Medieval : emparedadas y beatas", en A. Muñoz Fernández y M. Graña Cid (eds.) *Religiosidad feminina : expectativas y realidades (ss. VIII-XVIII)*, Madrid, 1991, pp. 139-164.

30) Muñoz Fernández, Ángela. *Beatas y Santas neocastellanas : ambivalencias de la religión y políticas correctoras del poder (ss. XIV-XVI)*, Madrid, 1994.

31) C. Viñas Mey y R. Paz. *Relaciones histórico-geográfico-estadísticas de los pueblos de España hechas por iniciativa de Felipe II : Reino de Toledo*, 3ª parte, Madrid, 1963, p. 546.

32) トレードと同様の原因により、同じ時期のバエサにおいて、ベアータたちがアルンブラードの異端に堕していったことをパラシオス・アルカルデが指摘している。Palacios Alcalde, María. "Las beatas ante la Inquisición", *Hispania Sacra*, 40, 1988, pp. 124-126.

33) Martz, Linda. *Poverty and Welfare in Habsburg Spain*, Cambridge University Press, 1983, p. 139.

34) Proceso de Francisca, 153r.

35) 1576 年時点でミセリコルディア施療院のベッド数は 60 であったが、これはトレードにある 27 の施療院のうち 5 番目に多かった。Martz, *Poverty and Welfare in Habsburg Spain*, p. 160 (Table 9).

36) Proceso de Francisca, 11r.

37) 夫の不在は、妻が宗教にのめりこむきっかけになり得た。拙稿「パテルノステルを注解した女―スペイン黄金世紀における神秘主義と文学」『スペイン史研究』19、2005 年、10-19 頁。

38) Proceso de Francisca, 63r-64r, 84r-84v.

39) Proceso de Francisca, 117r.

40) Proceso de Francisca, s/n（1575 年 10 月 17 日、フランシスカの聴聞）

41) Proceso de Francisca, 146r-148r, 172r-v, 175r-177v.

第1章　フランシスカ・デ・ロス・アポストレスの幻視　*47*

42）　Proceso de Francisca, 140v.

43）　Proceso de Francisca, 145v.

44）　Christian, Jr. William A. *Apparitions in Late Medieval and Renaissance Spain*, Princeton University Press, 1981, p. 194.

45）　Proceso de Francisca, 153r.

46）　このときフランシスカが書き留めた自筆の「義務」が審問記録に挿入されている。その冒頭部分を以下に訳す。「磔のキリストと栄光の処女マリアの名において、私フランシスカは、私の生涯毎日、全世界が神に対して負っている大きな恩義に報いることを誓う。その恩義とは、父の懐から降りてこられたキリストが大きな愛でもって始祖アダムが犯した罪を償ったことである。彼は最終的には、敵を打ち負かすための明確な道筋を人類に対して示すために、十字架の上で亡くなった。それゆえ私フランシスカは、この偉大な神の受難を生きることを誓う。私と接するすべての魂にこの受難を伝える。とりわけ聖エンカルナシオン〔女子〕修道院は、キリストが人類に対して示した恵みに対する我々の忘恩という負債を払うための修道院である。コルプス・クリスティ〔司祭のための修道院〕とエンカルナシオンに入るすべての人々はキリストをまね、キリストに従うことを最初の務めとする」。Proceso de Francisca, 158r.

47）　Proceso de Francisca, 177v.

48）　審問官でさえ、フランシスカが「神を愛したり隣人の救済を望むことに誤りはない」と述べている。「問題は、虚栄心であり、見たことのすべてを真実であると信じこむことであり、それを無分別に公言することである」。つまりフランシスカの主張に対して、審問官は、何ら異端的なものを見出してはいない。Proceso de Francisca, 189v, 284v.

49）　Proceso de Francisca, 39r.

50）　Proceso de Francisca, 180v-181r.

51）　ある証人が、「大司教を釈放しないのは王が彼の収入を使ってしまったからだ」という噂について証言している。Proceso de Francisca, 129r.

52）　テリェチェア・イディゴラスのカランサ研究のうち最も代表的なものが、Tellechea Idígoras, José Ignacio. *El Arzobispo Carranza y su tiempo*, 2 vols., Madrid, 1968. また、テリェチェア・イディゴラスの業績を中心にカランサ研究の動向を論じたものとして、林邦夫「バルトロメ・カランサ研究の動向―16世紀スペインにおける異端審問の個別事例として」『鹿児島大学教育学部研究紀要（人文・社会科学編）』35、1983 年、49-76 頁。

53）　Martínez Millán, José (ed.). *La corte de Felipe II*, Madrid, 1994.

54）　Dedieu, Jean-Pierre. "The Spanish inquisition. Current research in perspective", in *A dieci anni dall'apertura dell'Archivio della Congregazione per la Dottrina della*

48 第 I 部　スペイン

Fede: storia e archivi dell'Inquisizione, Roma, 21-23 febbraio 2008, Roma, 2011, pp. 51-69.

55）Proceso de Francisca, 53r.

56）Hsia, Ronnie Po-chia. *The World of Catholic Renewal 1540-1770*, Cambridge University Press, 1998, p. 111.

57）Fernández Collado, Ángel. *El concilio provincial toledano de 1565*, Roma, 1996.

58）Martz, *Poverty and Welfare in Habsburg Spain*, p. 132.

59）Proceso de Francisca, 153r.

60）Tellechea Idígoras, "Memorias sobre el proceso y muerte del Arzobispo Carranza", pp. 225, 226, 228.

61）Kagan, Richard L. "The Inquisition of Francisca: A Sixteenth-Century Visionary on Trial (review)", *The Catholic Historical Review*, 92 (2), 2006, pp. 288-289.

62）Proceso de Francisca, 110r.

63）Proceso de Francisca, 79v.

64）Bilinkoff, Jodi. *Related Lives. Confessors and Their Female Penitents, 1450-1750*, Cornell University Press, 2005, pp. 28-40.

65）Proceso de Francisca, 114v-115r.

66）Proceso de Francisca, 86v-87r, 181r.

67）多くの証人がフアン・デ・ディオスについて証言している。異端審問所がフランシスカに対する捜査を始めたきっかけの1つは、彼女がフアン・デ・ディオスとかかわりを持ったことにあったと考えられる。Proceso de Francisca, 2r-3r, 41v-46r, 71r, 91v, 129r-134r, 182r, 209v-210v.

68）Proceso de Francisca, 39r.

69）Proceso de Francisca, 87r.

70）Fernández Collado, Ángel. *La catedral de Toledo en el siglo XVI*, Toledo, 1999, p. 77. ただしメンドーサは証人として召喚されていない。

71）Proceso de Francisca, 178v.

72）Proceso de Francisca, 122v, 141r.

73）Kagan, Richard L. *Lucrecia's Dreams*, University of California Press, 1990. （R・L・ケーガン（立石博高訳）『夢と異端審問―十六世紀スペインの一女性』松籟社、1994 年）

74）前掲拙稿「トレドのアルンブラード裁判（1524-40 年）」。「パテルノステルを注解した女」。

75）Tellechea Idígoras, "Memorias sobre el proceso y muerte del Arzobispo Carranza", p. 224.

76）Kagan, *Lucrecia's Dreams*, pp. 105-106.

77）　本節は、姉の陰に隠れていたイサベルの存在に焦点を当てたメリアンの研究
　　　に示唆を受けている。ただし、イサベルの不在とフランシスカの幻視の関連を
　　　論じた本節のような議論はメリアンには見られない。Melián, "Antes de
　　　Francisca."

78）　Proceso de Francisca, 171r-172v.

79）　Sierra, Julio. *Procesos en la Inquisición de Toledo (1575–1610)： Manuscrito de
　　　Halle*, Madrid, 2005, pp. 238-239.

80）　Proceso de Francisca, 38r, 141r.

81）　Proceso de Francisca, 18v.

82）　Proceso de Francisca, s/n（1575 年 4 月 12 日、マリーア・デ・ヘススの証言）

83）　Proceso de Francisca, 172r.

84）　Proceso de Francisca, 14v, 17v.

85）　Proceso de Francisca, 11r, 118r.

86）　Proceso de Francisca, 153r.

87）　Sarrión Mora, Adelina. *Beatas y Endemoniadas. Mujeres heterodoxas ante la
　　　inquisición siglos XVI a XIX*, Madrid, 2003, p. 284.

88）　クエンカの異端審問法廷では、悪魔との契約の最初の事例が 1587 年に記録さ
　　　れている。Sarrión Mora, *Beatas y Endemoniadas*, p. 196.

89）　Proceso de Francisca, 224v-225v.

90）　ただし、ミゲル・ルイスが悪魔の言葉を書き取った行為は、悪魔祓いに相当
　　　すると言えるかもしれない。

91）　Proceso de Francisca, 189r.

92）　Proceso de Francisca, 13v.

93）　スペイン神秘主義については、Andrés Martín, Melquiades. *Historia de la
　　　Mística de la Edad de Oro en España y América*, Madrid, 1994 ；　鶴岡賀雄『十字架
　　　のヨハネ研究』創文社、2000 年。

94）　Proceso de Francisca, 186r, 187v ； Ahlgren, Gillian T. W. *Teresa of Avila and the
　　　Politics of Sanctity*, Cornell University Press, 1996, p. 101.

95）　Proceso de Francisca, 187v.

96）　例えば、マリーア・デ・サン・ヘロニモは、霊と魂の中に感じた誘惑と苦悩
　　　についてミゲル・ルイスに手紙で伝えた。Proceso de Francisca, 82v.

97）　Proceso de Francisca, 227r.

98）　Proceso de Francisca, 218v.

99）　霊的婚姻の段階に至ると、魂と神は意思が一致しているので、神から幻視に
　　　よってメッセージを受け取る必要はなくなる。実際、霊的婚姻の成立以降、フ
　　　ランシスカは幻視を経験しなくなった。

50 第 I 部　スペイン

100） Bilinkoff, Jodi. *The Avila of Saint Teresa. Religious Reform in a Sixteenth-Century City*, Cornell University Press, 1989, pp. 134-136 ; Santa Teresa de Jesús, *Obras Completas. Edición manual*, ed. Efrén de la Madre de Dios y O. Steggink, Madrid, 9a ed., 1997, p. 248.

101） テレサが霊的婚姻の後に活動的生に向かったことについては、鶴岡賀雄「アビラのテレジアの「神秘経験」における主体性の諸位相」『東西宗教研究』12、2013 年、68-113 頁。

102） Proceso de Francisca, 233v.

103） Proceso de Francisca, 152r.

104） Proceso de Francisca, 232v.

105） Ahlgren, *The Inquisition of Francisca*, p. 36.

106） 彼女は「マドリードに 2 度だけ行ったことがある」と証言している。Proceso de Francisca, 170r.

107） 拙稿「イグナティウス・ロヨラのアルカラ時代 (1526-27 年)」『スペイン史研究』36、2022 年、1-15 頁。

第 2 章

16 世紀スペインにおける民衆の結婚

中 島 聡 子

は じ め に

　本章では、16 世紀スペインにおける教会の結婚と民衆の結婚の乖離を研究する。中世スペインでは民衆の結婚は当事者間の合意において成立し、自宅での結婚や司祭の立ち会いがないものなど、教会が関与しない形（秘密婚、無式婚）で成立することが多かった。教会は民衆に合法的な結婚をさせるために、すでに 1215 年のラテラノ公会議で婚姻公示を義務付けたが、平民階層の間での普及は進まなかった。16 世紀になると、教会法に即した婚姻を承認し、非合法なものを処罰対象にすることで教会は結婚の制度化を進め、婚姻の画一化を積極的に図るようになった。例えば、16 世紀にはスペイン各地の司教区会議で結婚許可証の制度の導入が決められたし、トレント公会議の第 24 総会（1563 年）では婚姻の問題について議論されると、教会の面前での挙式など、婚姻の有効成立要件が決められた（タメットシ教令）。このようにして 16 世紀を通して、スペインでは人々の結婚を教会の管理下に置くべく制度が整えられていった。

　トレント公会議以降に進められた近世スペインの結婚の制度化とその普及については、これまで様々な議論がなされてきた。結婚の制度化に関しての議論は主に 3 つに分けることができるだろう。第 1 に 1980 年前後から始められた主に異端審問記録を用いた研究では、トレント公会議以降に教会が進

めた結婚の制度化は民衆に内面化されたという前提の下に論議が進められた。それらの研究では、例えば、重婚できるのは自身の身元を偽造するなど、周囲を騙して合法的な結婚を装うことができる男性移民であったと結論付けられてきた[1]。16世紀に進められた結婚の制度化を民衆が速やかに内面化したとする研究史に対して、民衆は非合法な結婚を黙認したと反論する研究が第2の議論として挙げられよう。「望み通りの（夫婦）関係が築けなかったとき、（教区民たちは）、単にそこから離れ、新しいパートナーとやり直し」、また、「人々は他人に干渉することなく、自分たちの（結婚の）やり方を押し通し」、「特に性愛に関するローカル文化の構造の変化は急激には訪れなかった」と述べられてきた[2]。

　トレント公会議以降、教会の結婚制度はイベリア半島で迅速に広まり、多くの人々に利用された。しかし、その実践は教会当局の意図と一致していなかったと指摘されたのが第3の議論として挙げられるだろう[3]。教会は民衆に合法的な結婚をさせるために様々な制度を導入し、民衆は制度を積極的に利用したが、民衆が教会の制度を利用する目的は、従来の結婚慣習を維持することだった。具体的には16世紀の女性が被告となった重婚裁判記録を主に用いて結婚の絆の解消方法に関する分析が行われた。この研究によれば、16世紀半ば頃、出稼ぎなどで夫が長期不在となり、残された妻は長期に亘り夫と音信不通になることがしばしばあった。このような場合、妻は夫との結婚に見切りをつけ、あらたに別の男性と結婚することもよくあった。こうした状況下で女性たちが行ったのが「寡婦のパフォーマンス」である。女性たちは音信不通の夫との絆を隠すのではなく、断ち切るための行動を取った。具体的には、長期不在の夫との婚姻関係はもはや終わったという合意を周囲の人々と形成するために、喪服を身に付けたり、夫の死を悼むミサをあげたり、夫の死を嘆き悲しむ姿を示したりした。また、夫の死の噂を広めることで、社会的に夫との関係を終わらせようとしたのである。寡婦の仕立て方は、トレント公会議以降に結婚の制度化が進むとそれに合わせて変化した。女性たちは独身証明書などを取得して長期不在の夫との縁を切るように

なったのだった。

　本章では、これまでの先行研究の成果と独自の史料調査を基に、16 世紀スペインの民衆がどのようなルールの下に結婚の絆を結んだり、解消したりしたのかについて考察をする。結論を先に述べると、民衆は教会法に表面的には従う形を取りながら、結婚に関する民衆独自の不文律を維持し、それに基づき行動した。男性移民は「自身の匿名性を利用して」、「周囲を騙して」教会法に則さない結婚をしたと先行研究では指摘されることが多かったが、本章では、男性移民が教会の制度を形式的に利用することで既婚の身元を独身に公式に書き換えて結婚したことが明らかにされる。また、その際には、誰もが自由に「他人に干渉することなく、自分たちのやり方を押し通し」たわけではなかったことも指摘される。妻たちは「寡婦のパフォーマンス」で周囲との合意を形成したが、夫たちは教会制度を積極的に利用しながら合意の形成を図ったことが論じられよう。

1　婚姻法改定とその普及

　アンドレス・デ・セペーダ・ネグレーテは、16 世紀中頃のバリャドリードからトレード、そしてマドリードへの遷都とともに移動した多くの職人のうちの 1 人だった[4]。1561 年頃、セペーダはマドリードに移ると[5]、マドリード近郊のアルカラ・デ・エナーレスに足繁く通うようになった[6]。そこで彼は自身が長靴下職人であると名乗り[7]、フランシスコ・ラモンの長靴下の店で仕事を見つけ[8]、さらには、セペーダは 1552 年頃にイベリア半島南部の港町マラガでコンスタンサ・エスキベルとすでに結婚していたにもかかわらず、自身の身元を独身と偽り、イサベル・アルバレスというアルカラ・デ・エナーレス在住の女性と結婚しようとした。

　当時、セペーダのような移民がしばしば結婚歴を隠して重婚したことを教会は把握していた。このような非合法な結婚を未然に防ぐため、教会は移民が新しい土地で結婚する場合には司教代理が発行する結婚許可証（licencia para casarse) を取得するよう義務付けた。例えば、1542 年にイベリア半島南部のアバディーア・デ・アルカラ・ラ・レアルの司教区会議では、「司教代理の許可証を入手していないよそ者（advenedizos）を教区の司祭が結婚させることを禁じる」ことが決定された[9]。

　許可証の制度は迅速に普及した。16 世紀前半には許可証が未取得での結婚が可能な場合もあったが[10]、後半になると制度が広く浸透した。地元民同士の結婚においても婚姻障害の疑いがある場合教区司祭が挙式を拒否することが増え、結果として、地元民も許可証を取得するようになった。例えば、生粋のセビーリャ市民（vecino）で帽子職人のフアン・トレダーノが、やはりセビーリャの市民（vecina）のイネス・エルナンデスと 1589 年に結婚しようとした際、「当地の聖職者たちは許可証なし（sin licencia）では彼らを結婚させたがらなかった」ために、トレダーノとエルナンデスはセビーリャの司教総代理に許可証を申請し、取得した[11]。許可証の申請時には、申請者が出身地や移動歴、年齢、職業などを口述し、さらには独身証明書や初婚の伴侶の死亡証明書などを提出することが求められた。また、「地元や他の土地で結婚も婚約もしていない」と証言できる 2 人の証人を同行させることが一般的だった[12]。証人は自身と申請者との間の交友歴を述べた上で、知っている範囲内の情報を証言した。成人男女の独身の状態をある程度は請け合えるような旧知の仲の証人による証言が提示されることもあった一方で[13]、申請者との交友歴が浅い証人が証言するケースもあった。証言の信憑性にはばらつきがあるが、いずれの場合も許可証は等しく発行された[14]。結婚許可証の取得が容易にできたことは、この制度が迅速に普及した要因の 1 つと考えられる。

　結婚許可証の制度は、既婚者が独身を偽ることを防ぐ目的で導入されたが、証拠の真正性が十分に吟味されないまま発行されることも多かった。その結果、結婚許可証は既婚者が独身を偽ることを防ぐというより、むしろそれを可能にする手段として機能した面があった。こうして民衆は、教会から見れば重婚と判断される可能性のある結婚を、合法的な再婚として仕立て上

げるために、この許可証を利用したのである[15]。前述のセペーダも結婚許可証を手に入れるために、花嫁アルバレスの父親のバルトロメ・ビトールとミゲル・クベーロと名乗るアルカラ・デ・エナーレスの一時滞在者（estante）とともに当地の司教代理バルボアを訪れた[16]。アルカラ・デ・エナーレスに到着する以前のセペーダの過去について十分な情報をこれらの証人は持っていなかった。それにもかかわらず、彼らの証言をもとに司教代理はセペーダに結婚許可証を発行した[17]。この許可証を得たことで、セペーダはアルバレスと結婚するために公式に独身男性の身元を認められたのである。

　移民は新しい土地で結婚するために結婚許可証を取得すると、次に教区教会で婚姻公示を行い、教区民による審査を受けた。婚姻公示は、1215年のラテラノ公会議において婚姻成立の条件として義務付けられたが[18]、この条件が満たされないことがあっても中世スペインでは婚姻契約が無効にされることはなかった。当時は、当事者間の自由意志による合意のみによって婚姻契約は成立し、婚姻公示を行わないことは婚姻契約を無効にする絶対的な障害とはみなされなかったためである。その結果、婚姻公示の普及が進まなかったと言えるだろう。この状況を大きく変えたのが、1563年にトレント公会議第24総会後に公布されたタメットシ教令である。この教令では婚姻の有効性、あるいは無効性を判断する権限が教会に属することを宣言した。また、婚姻が有効と認められるためには、教会の面前での挙式が必須となることが決められた。当初は教区教会での挙式も成立要件に含めることが議論されたが[19]、最終的には婚姻契約を成立させるためには教会の関与、具体的には、婚姻公示、聖職者と2人の証人の立ち会い、そして教区簿冊への婚姻の記録の作成が求められるようになった[20]。

　本章執筆のために行った16世紀スペインのいくつかの教区の婚姻記録の調査からは、教区簿冊の婚姻記録を見ると、教区民は教会が定めた婚姻の手続きを取るようになったことがうかがえる。1563年にトレント公会議で教区民の婚姻の記録化が義務付けられると[21]、スペインでは国王フェリーペ2世が1564年7月12日に教区簿冊に洗礼、結婚、埋葬の記録を残すことを命

56 第Ⅰ部 スペイン

じる王令を発布した。これを受けてマドリード中心部のサンタ・クルス教区
では遅くとも 1565 年 4 月 18 日までに教区簿冊の婚姻記録が開始され、同年
中に少なくとも 57 件の婚姻が教区簿冊に記録された[22]。これらの 57 件中、
教会で式を挙げたのは 3 組 (5%) のみであり、全体の 95%は当事者の自宅
などで挙式が行われた。とはいえ、これらの 57 件の婚姻では、トレント公
会議で義務付けられた婚姻公示、聖職者と 2 人の証人の立ち会い、そして婚
姻記録の婚姻成立要件が満たされたことが教区簿冊から確認できる。例え
ば、1564 年 8 月に聖職者のペドロ・フランコスは、「予め必要な婚姻公示が
なされた上で、司教代理の命令のもと」、ハコメ・デ・ラ・フエンテとイネ
ス・バラガンを「ペドラサ学士、マリーア・デ・パディーリャ、そしてその
他の人々が参列する中で、彼らの両親の家で結婚させた」という記録が残っ
ている[23]。

　また、司祭が新郎新婦の自宅などで彼らを結婚させた後に教会で新郎新婦
が司祭から厳粛に祝福を受ける儀式のベラシオン (velación) は、1563 年の
婚姻改訂法では義務化はされていなかったが、この儀式も次第に普及してい
ったことが婚姻記録を見るとわかる。1565 年にサンタ・クルス教区でベラ
シオンを受けたカップルは 57 組の中で 1 組 (1.7%) のみだったが、その 15
年後の 1580 年には同教区の教区簿冊に記録された婚姻 72 件のうち、40 組
(56%) のカップルがベラシオンを受けたことが確認できる。さらにその 4
年後の 1584 年には簿冊に婚姻が記録された 99 件の中で 59 組 (60%) がベ
ラシオンを受けており、その普及が進んでいったことがうかがえる。

　教区簿冊の婚姻記録の調査からは、トレント公会議以降、教区民は形式的
には教会が命じた婚姻手続きをするようになったこと、さらには過半数の
人々が義務化はされていないにもかかわらずベラシオンも行うようになった
様子が確認できた。次に、それらの手続きを民衆は教会と同じ理解で行って
いたのかについて、婚姻公示に関する史料分析を通じて考察していきたい。
移民が移住先で結婚する際は、まず結婚許可証を取得し、その上で教区教会
に当事者の結婚の意思を伝えた。通常は結婚許可証の必要のない地元出身の

第2章　16世紀スペインにおける民衆の結婚　57

独身者が結婚する場合には、各自の教区教会に当事者の結婚の意思を伝え
た。カップルが結婚の意思表明をすると、教会の面前での挙式に先立つこと
3回の連続した日曜日と祝日に教区教会でのミサの間に結婚予定の男女の氏
名が公示された。この期間に婚姻障害を理由とする異議申し立てがなけれ
ば、カップルは挙式に進むことができた[24]。結婚許可証の発行に際しては、
申請内容の真正性を評価するのは司教代理のみであったが、婚姻公示では婚
姻成立の妥当性を評価する役割が教区民に課されていた。教区民は非合法な
婚姻を摘発することを教会から期待されており、この婚姻公示をどのように
教区民が利用したのかを検討することで、人々がトレント公会議の婚姻法を
どの程度内面化したかについて考察を試みたい。

　まず、1560年セビーリャ近郊の町アルカラ・デ・グアダイーラのディエ
ゴ・ロペスとマリーア・ガルシーアの婚姻公示への教区民の反応は、教会の
期待に応えた模範的なケースとして挙げられよう。ロペスとガルシーアの婚
姻公示を見た教区民のアルバラードは、ロペスがセビーリャで別の女性と結
婚しているという噂を知り合いのセビーリャ市民から聞きつけ、婚姻の無効
障害の申し立てを行った[25]。このように、教会の思惑通りに婚姻公示を使う
アルバラードのような教区民がいた一方で、他方では婚姻公示を自己流に使
う者もいた。1559年にセビーリャのサン・マルティン教区でセビーリャ市
民のディエゴ・カステリャーノとアナ・デ・サン・マルティンが婚姻公示を
出した際、カステリャーノの叔母と祖母が、婚姻障害を申し立てた。彼女た
ちは、その結婚に障害はないと知りながらも、カステリャーノの父親がすで
にメキシコで彼を他の女性と結婚させたとの手紙がカステリャーノの父親か
ら送られてきたと主張した。司教代理からその真意を問われると、カステリ
ャーノの叔母は次のように白状した。「本証人はこの結婚に反対だった。な
ぜならば、本証人、彼女の母親と姉妹は、彼を小さいころから育ててきた。
彼の父親は彼女たちに彼のことを任せていたのだ。彼女たちは彼が誰と結婚
するのか、そしてその結婚相手はどこの出身なのかを知りたかったから異議
申し立てをした。しかしながら、現在のところ、彼の結婚には何の障害もな

58　第Ⅰ部　スペイン

い」。カステリャーノの祖母も「孫が誰と結婚するのか、そしてその結婚相手がどの血筋（casta）の出身なのかを知りたかったので、孫の婚姻公示が出たときに婚姻無効障害の声をあげた」と申し開きをした。カステリャーノの親戚たちは、彼の結婚が合法的であることは理解していたが、彼女たちは彼の結婚を受け容れることができなかったために、婚姻公示の制度を自己流に利用して彼の結婚を阻止しようとしたのである[26]。このように、教区民が婚姻公示に異議を唱えたとき、それは必ずしも教会の意図に従ったものとは限らなかった。

　また、婚姻公示に際して、非合法であることを知りながらも民衆が沈黙を守ることもしばしばあった。この傾向は特に女性の側に婚姻障害がある場合によく見られた。男性移民が司教代理の承認を受けた結婚許可証を利用して自分を独身であると偽装した一方で、初婚の夫が長期間不在の間に残された妻が「再婚」をする場合には、妻は「喪服」を着るなどの「寡婦のパフォーマンス」を行い、周囲から異議申し立てがないことを確認してから新しい男性と結婚をしていた。そのため、婚姻公示や挙式の段階で婚姻無効障害を申し立てる隣人や、彼女たちを重婚罪で異端審問所に告発する者はあまりいなかった[27]。例えば1530年頃、カダルソ（カセレス）の市民アナ・デ・カストロは初婚の夫の死の知らせを受け取ると、「喪服」を着た。しかし実際は初婚の夫はどうやら生きているようだとカストロも周囲も理解していたし、あらたな恋人のフアン・デ・ソトもその事実を承知していた。それでもカストロが「喪服」を着たときに異議を唱える人は誰もいなかった[28]。1554年頃にアルマグロ市民のベニータ・ロペスがバルトロメ・エルナンデスと「再婚」したときも同様の事例があった。アルマグロの隣人たちや、エルナンデスだけでなく、初婚の夫ゴンサロ・デ・アビラの母親ですら、アビラが生きていることを知っていた。それにもかかわらず、ロペスが「喪服」を着て「寡婦のパフォーマンス」をした際、不服を申し立てる者はいなかった[29]。

　アルカラ・デ・エナーレスのセペーダがアルバレスと結婚しようとした際、セペーダのマラガの妻との結婚歴がアルカラでどれほど知られていたの

かは不明である。しかし、16世紀スペインの手工業職人は仕事を求めて各地を移動することが多く、かつての同僚に新天地で遭遇することは珍しくなかった。実際、セペーダが重婚罪で異端審問所に告発された際の記録には、セペーダのことを知るアルカラ・デ・エナーレスとマラガの住民の間で交流があり、小さな噂話が交わされていたことは記されている。それにもかかわらず、セペーダが結婚許可証を取得した際は異議を唱えるものはいなかった。恐らく彼らの婚姻公示に婚姻障害の申し立てをする者もいなかったであろう。結果としてセペーダはアルバレスと結婚することに成功した。

2　良い結婚、悪い結婚

　第1節では、16世紀スペインにおいて結婚の制度化が進む中で、民衆が結婚許可証の取得、婚姻公示、教区簿冊への婚姻記録など、教会が定めた手順を遵守していたものの、その目的や意図が教会と完全に一致していたわけではなかったことを指摘した。多くの人々は、表向きには教会の方針に従いながらも、自らの目的を達成しようとしたと考えられる。もちろん教会が定めた手順を踏んだからといって、すべての婚姻が成立できたわけではなく、非合法であっても周囲の人々から受け入れられる婚姻もあれば、否認される婚姻も存在した。本節では、教会の制度の枠組みの中では非合法とされながらであっても、民衆の中では受け入れられていた結婚とはどのようなものだったかについて考察をする。

　ポルトガル出身のアントニオ・マルティンは再々婚の妻を後に残してカルデニョサ（アビラ）を去ると、道中で出会った人々から「アンドレス・デ・モホンという資産家の既婚男性が行方不明になっている」という情報を入手した[30]。マルティンはこの失踪中の夫の「身の上についての情報を収集し、自らをアンドレス・デ・モホンと名乗り」、その男性になりすまして行動を始めた。彼はモホンの妻の保護者に接近し、「自分こそが彼女の夫であると信じ込ませるとともに、妻自身にも「彼（マルティン）は自分こそが夫なの

だ」と言い含めた。夫としての立場を乗っ取り、そして財産を横取りした。

　その後もマルティンは行方不明の富裕層男性の噂を聞きつけると、モホンのケースと同じようにその男性になりすまして財産を奪う行為を繰り返した。タラベルエラ（カセレス）での初婚から1579年に逮捕されるまでの約10年の間に、マルティンは11回にわたり行方不明の男性になりすまして彼らの財産を奪った。また、偽名を使い、結婚歴などの身元を隠して結婚することもあったが、その回数は少なくとも計15回に及んだ[31]。

　マルティンは、夫になりすまして妻を奪うときは「ベラシオンを受け」ることで既存の結婚を教会公認のものにした。独身男性としてその土地の女性と結婚するときは、通常は教会で婚姻の公示をした[32]。ほぼすべての結婚でマルティンが婚姻公示をした上で結婚したという事実は、指定期間内に婚姻障害を申し立てる者がいなかったことを意味している。つまり、共同体の人々は彼とその土地の女との間の結婚を承認し、受け入れたことを示している。歴史家ナタリー・デービスは、著書『帰ってきたマルタン・ゲール：16世紀フランスの偽亭主騒動』の中で、類似した事例を論じている。彼女の研究では、マルタン・ゲールが妻ベルトランドを残して失踪した後に、彼になりすまして夫の役割を奪おうとする男が現れた際の村人たちの反応を説明している。デービスによれば、「村人たちは、どのような疑念を抱いていたとしても、それを胸の内に収め、あるいは一時的に忘れさえして、新しいマルタンが役割を果たすのを許した」が、その理由として2つの点を挙げている。まず「アルティガ（フランス側バスクの村）では彼が必要とされていた」こと、次に「（詐欺師アルノ・デュ・ティルが）あらかじめ準備を整え、村人が彼をマルタン・ゲールだと認めざるを得ない状況を作り上げた」ためだと指摘している[33]。

　マルタン・ゲールの故郷アルティガと同様に16世紀スペインの町や村も男性移民を必要としていた。この時代のスペインでは人の移動が盛んだった[34]。多くの市町村からは男性移民が流出し、それらの市町村は他の地域からの男性移民を受け入れることで労働市場や結婚市場の人員を補っていた。

近世スペインの歴史人口学の研究では、スペインの多くの市町村の外婚（地元民とよそ者の間の結婚）の割合は 3 分の 1 を超えたことを明らかにしており[35]、スペインの市町村が地元の未婚女性や寡婦と結婚させるための男性人口を必要としていたことを示している。こうした男性人口不足は、結婚歴を偽って結婚許可証を取得した既婚男性移民が、地元の結婚市場に容易に参入できる環境を作り出していたと考えられる。

　もちろん、受け入れ側の共同体は、男性人口が不足しているからといって、すべての既婚男性移民を受け入れたわけではなかったし、また逆に、十分な男性人口が確保されているからといって、すべての移民を拒否したわけでもなかった。ここで注目しなければならないのは共同体が自分たちの結婚市場に歓迎したくなるような「準備を整え」てきた移民の特徴であるが、それを明らかにするために、重婚者の職業や経歴を分析してみたい。重婚者は最終的には異端審問所に告発されたとはいえ、一度は移住先で結婚することに成功した実績がある。つまり、彼らは女性たちが求める花婿の条件を備えていたと考えられる。異端審問所における重婚の疑いの審問記録によれば、被告の圧倒的多数が手工業職に従事していた[36]。本章の史料調査でも同様の結果が得られた。例えば、1561 年から 1600 年までの間にサンティアゴ・デ・コンポステーラ異端審問所で審問対象になった 71 人の重婚者のうち、40 人（56％）は仕立て屋や長靴下職人、大工などの手工業職人だったし、同じ時期のバルセロナ異端審問所における重婚裁判では、手工業職人が被告の割合は 66％（39/59 人）を占めた[37]。重婚の疑いをかけられて異端審問所で裁かれた被告のほとんどは男性移民であり、彼らの大半が手工業職人であった理由として、彼らは手に職を持ち、花婿候補として受け入れられやすかったからだと考えられる。実際、前述のセペーダの 2 番目の妻のイサベル・アルバレスは、異端審問官に対して、「彼が長靴下職人だから」結婚したと述べている[38]。16 世紀のイベリア半島では、多くの人たちがイベリア半島内の各地を転々としていた。その多くは仕事を求めて移動した求職者だった[39]。新天地で職を得た手工業職人は生計を立てるために必要なスキルを持

62 第Ⅰ部 スペイン

ち、その能力が評価されることで、その土地で花婿候補として認められ、結婚に至ることができたと言えるだろう[40]。職にありつけなかった移動求職者は、無宿人や物乞いとみなされ出身地に帰るように命じられ、その土地から追放されたことを考えれば[41]、セペーダのような重婚者は移動求職者の中では仕事も妻も手に入れた成功者の部類に入ると言える。

　多少の疑わしさがあっても、スキルを持つ者は結婚市場だけでなく、労働市場においても歓迎された。スキルを習得している者であれば、ギルドの規則さえも柔軟に適用され、受け入れられたのである。前述のアンドレス・デ・セペーダは9歳のときにバリャドリードの両親の家を離れ、トレードの長靴下職人の店で修行を始めた。4年間の見習い修行の契約だったが、修行を始めて3年後に、セペーダは親方の店を抜けだした。トレードの長靴下職のギルド認可の職人になる前に、修行を中断したのだった。1588年に発布されたトレードの長靴下職の規則（Ordenanza）では、見習いが職人試験を受ける資格を得るには、最初の3年間でスキルを習得し、最後の1年間を職人として親方に奉仕する計4年間の修行を終えることが必要とされていた[42]。しかし、見習いの中には、セペーダのように最初の数年の間に手工業職のスキルを身に付けた後で、親方にお礼奉公をせずに逃げ出した者も少なからずいた[43]。このような修行中退者を他の親方が雇うことを禁ずる規制があったものの[44]、未認可の職人のスキルを評価して彼らを雇う親方もいた。無認可のまま雇用していた職人に対しては、組織がその状況を追認した上で、別途資格試験を課すことなく、ギルドの正式な職人として資格を付与するケースもあった[45]。セペーダもトレードの親方の下を離れてアンダルシーアに移った後、マラガで長靴下職人の親方リオスに出会い、未認可職人でありながらリオスの店で雇われた。結婚市場と同様に、労働市場においても、ルールが厳密に適用されることはあまりなく、スキルを持っているものが受け入れられたのだった。

　移民が資産家の息子であるという背景も結婚市場で歓迎された。例えば、前述のアントニオ・マルティンは資産家の相続人になりすましてその財産を

手に入れると、すぐにその土地の女性と結婚できた。また、靴職人から商人に転向し、財を成したクエンカのフランシスコ・ロペスの1人息子のディエゴの3回にわたる結婚では、彼の父親の財産が花嫁の親族にとって大きな魅力となっていた。例えば、クエンカから約200キロメートル西に位置するトレホン・デ・ベラスコで彼が3度目の結婚をしたとき、花嫁の父親のフランシスコ・ラミーレスは、「ディエゴに金持ちの父親がおり、ディエゴ・ロペス以外に息子も相続人もいないことは知っていた」と述べている。このように資産家の相続人であることが結婚市場での移民の価値を高める重要な要因であったことがわかる[46]。

スペインの市町村は、花婿候補を外から来る男性移民で補っており、彼らを、デービスの言葉を借りれば「必要」とした。そして経済力のある男はよい花婿候補とみなされ、「支度をした上で乗りこんできた」花婿候補の結婚歴に関する疑惑が生じても、共同体の人々は「胸の内に収め、あるいは一時的に忘れさえして」、既婚の男性移民が独身男性としての「役割を果たすのを許した」と言えるかもしれない[47]。

3　結婚生活の維持

前節では経済的な生活能力のある男性移民は、たとえ結婚歴が疑わしい場合でもしばしば黙認され、移住先の女性との結婚に成功したことを指摘した。通常、婚姻成立直後に新郎や新婦が重婚の疑いで告発されることはまずないが、「再婚」の中には、その婚姻が成立してから何年も経過した後に、重婚の疑いで告発されるケースはあった。非合法な結婚が後から問題として浮上するパターンは3つ挙げられる。まず、隣人間でトラブルが起こると、相手の非合法な結婚を理由に、その相手を排除しようとするケースが挙げられるだろう。例えば、アルカラ・デ・エナーレスのムルシアは、前述のセペーダとの仲違いをきっかけに、セペーダを異端審問所に訴えたと考えられる。ムルシアは、イサベル・アルバレスと結婚するために彼女の関心を惹こ

うとしていたが、新たに町に現われた移民のセペーダによって、愛する女性を奪われる結果となった。セペーダとアルバレスが結婚をしてから数年後、ムルシアは、セペーダが以前マラガでコンスタンサ・エスキベルという女性と結婚したことがあり、しかも彼女が健在であるという情報を得た。この情報を基に、ムルシアはマラガに赴き、セペーダの過去を徹底的に調査し、異端審問所にセペーダを重婚の疑惑で告発するために証人の準備をした。ムルシアが異端審問所にセペーダを訴えたのは、カトリックの信仰心のためというよりは、かつて結婚しようとしていた女性を奪われたことへの復讐心から、セペーダを共同体から排除しようとしたためであると考えられる。

　次に経済的な理由により重婚が婚姻成立後に取りざたされたパターンが挙げられる。夫に重婚の疑惑が生じた際、一部の妻はその状況を利用して賠償金を得ようとした。ディエゴ・ロペスの２番目の妻カタリーナが夫の初婚の妻が健在であることを知ると、カタリーナとその家族は、異端審問所ではなく教会裁判所に訴えを起こした。異端審問所では、被告の財産が差し押さえられる可能性があったからである。その後、カタリーナは別の男性と結婚するために結婚許可証を取得し、ロペスの父親に４万マラベディの支払いを求める手紙を送った。ロペスの３番目の妻フアナ・ラミーレスも結婚１ヶ月後に夫の重婚を知ると、世俗裁判所にロペスを訴えた。ラミーレスには、他の男性と結婚するために３万マラベディの持参金と結婚許可証が与えられた[48]。このように、経済的保証を求める妻たちは、夫の重婚を利用してあらたな人生を切り開く手段として裁判を活用していた。

　最後に、新郎の経済的な生活能力などが評価され、婚姻成立時には婚姻の障害があるにもかかわらず黙認された結婚が、後日、夫が家庭を顧みなくなるなど責任を放棄した場合、当初は黙認された婚姻障害が問題として浮上するケースが見られた。例えば、1577年にグアダルーペ（カセレス）で、イサベル・マルティンが移民のフアン・ゴンサレスと結婚した時、マルティンと彼女の隣人たちは、ゴンサレスが結婚前にポルトガルで別の女性と結婚しており、その妻が健在であることを知っていた。新婚夫婦の隣人たちは、ゴン

サレスを異端審問所に告発するのではなく、ゴンサレスに静かに身を引くように助言したが、ゴンサレスはこの助言を聞き入れることはなく、マルティンとの結婚生活を続けた。共同体のメンバーはゴンサレスがマルティンとの結婚を続ける意思があることをみると、それ以上ゴンサレスの重婚について持ち出すことはなかった。ところが、その3年後にゴンサレスがマルティンを後に残し、グアダルーペを去ると、当地ではゴンサレスの重婚問題が再び取りざたされるようになった[49]。同じようなケースは多くある。マリ・ディアスも結婚当初から夫の重婚を知っていたが、夫との結婚生活を続けることを選んだ。そして結婚生活が10年経過した後に、夫の重婚が共同体のメンバーに露見すると、ディアスは内密にしてほしいと頼みこんだ[50]。夫婦間に問題がなく、夫婦と共同体のメンバーとの間にもトラブルが生じておらず、また夫婦が結婚生活を続ける意思を示している限り、民衆が非合法な結婚に異議を唱えることは少なかったと言える。

お わ り に

　トレント公会議で、婚姻の有効性や無効性を判断する権限が教会に属することが決定されると、教会が定めた婚姻制度が広く普及した。婚姻は、ローマ法の伝統に基づく当事者間の意思の有無などの実質的要件だけではなく、法的有効性を担保するための形式的要件によって判断されるようになり、様々な手続きや届け出が導入された。本章で検討した婚姻制度は、結婚許可証、婚姻公示、ベラシオンなどであるが、教会はこれらの制度を導入することで民衆の結婚を管理しようとした。これに対して民衆は、教会法に表面的には従う形を取りながら、結婚に関する民衆独自の不文律を維持していたことが男性の重婚裁判記録、結婚許可証申請審査、教区簿冊の婚姻記録などの精読から明らかにされた。既婚の男性移民は、教会の制度を利用して自身の身元を独身に書き換えてから結婚をした。結婚許可証で教会の承認を取り、そして、婚姻公示で教区民の了承を得て、周囲の合意を形成してから結婚し

66 第Ⅰ部　スペイン

たのである。妻たちが「寡婦のパフォーマンス」で周囲との合意を形成した
ように、夫たちも教会制度を利用して合意の形成を図った。結婚の有効性の
合意形成にあたり、16世紀スペインの民衆の間で最も重要視されたのは、
教会が定めた法的要件を満たすことではなく、カップルが結婚生活を維持す
る意思と手段を持つことだった。

1) Dedieu, J.P., "Le modèle sexuel : La défense du mariage chrétien" in B. Bennassar (ed.) *L'Inquisition Espagnole*, Hachette, 1979, p. 322 ; Hernández Bermejo, M.A., and Testón Núñez, I., "La sexualidad prohibida y el Tribunal de la Inquisición de Llerena", *Revista de Estudios Extremeños*, Vol. 44-3, 1988, pp. 623-660 ; García Cárcel, R. and Moreno Martínez, D., *Inquisición. Historia Crítica,* Ediciones Temas de Hoy, 2000, p. 305 ; Pascua Sánchez, M. J., *Mujeres solas : Historia de Amor y de Abandono en el Mundo Hispánico*, Centro de Ediciones de la Diputación de Málaga, 1998, pp. 139-189 ; Perry, M.E., *Gender and Disorder in Early Modern Seville*, Princeton University Press, 1990, p. 70 ; Testón Núñez, I., *Amor, sexo y matrimonio en Extremadura*, Universidad Editorial, 1985, pp. 155-161 ; Contreras, J., *El Santo oficio de la Inquisición en Galicia 1560-1700. Poder, Sociedad y Cultura*, Akal Editor, 1982, pp. 644, 652.

2) Poska, A., "When Bigamy Is the Charge : Gallegan Women and the Holy Office" in M.E. Giles (ed.) *Women in the Inquisition. Spain and the New World*, The Johns Hopkins University Press, 1999, p. 190 ; Poska, A., "When Love Goes Wrong : Getting Out of Marriage in Seventeenth-Century Spain", *Journal of Social History,* 29-4, 1996, p. 871.

3) Nakajima, S., "Fashioning Widowhood : Bigamy and Remarriage in Sixteenth-Century Spain", 『中央大学人文科学研究所　人文研紀要』100、2021年、73-118頁。

4) Archivo Histórico Nacional Inquisición, legajo 23, expediente 21（以下、AHN INQ, leg. exp. とする）. セペーダの証言「宮廷があったバリャドリードへ行き、そこに何日かわからないが滞在し、宮廷とともにトレードにやってきた。そしてその後、宮廷とともにマドリードに行った」。

5) AHN INQ, leg. 23, exp. 21. フェリーペ2世の宮廷出入りの長靴下職人のフアン・デ・ビジャディエゴはセペーダが5、6年ほど前にマドリードの彼の下で働いていたと1567年に証言した。

6) AHN INQ, leg. 23, exp. 21. セペーダの証言「そして、そこ〔マドリード〕か

ら、アルカラへ行ったり来たりした」。

7) AHN INQ, leg. 23, exp. 21. アルカラ・デ・エナーレスの住民のアロンソ・ロ
ドリーゲスの証言「自分は長靴下職人だとアンドレス・デ・セペーダが言うの
を聞いた」。

8) AHN INQ, leg. 23, exp. 21. アルカラ・デ・エナーレスの長靴下職人ミゲル・
デ・コルメナールの証言「本証人は、アンドレス・デ・セペーダとは誰だかよ
く知らなかったが、長靴下職人でこの町の住人のフランシスコ・ラモンの家で
彼のことを何度か見たことがあると言った」。

9) *Constituciones sinodales del abadía de Alcala la Real*, 1542, folios xiii (v)-xiiii. 同
様の決定が下記の司教会議で確認された。*Constituciones sinodales del Arzobispado
de Toledo*, 1536 及び 1566 ; *Constituciones sinodales del obispado de Jaén*, 1511 ;
Constituciones siynodales del Arzobispado de Santiago, 1579.

10) AHN INQ, leg. 30, exp. 14. キンタニージャでの初婚の妻の存命中の 1545 年に
グアダラハラで 2 番目の妻と結婚したマルティン・デ・バルディビエソは、そ
の 19 年後にトレード異端審問所で、「よそ者だったのだから、既婚者かどうか
聞かれたり、独身であることの文書（información）を求められたか」と問われ
ると、「そのようなことは聞かれたこともなければ、求められたこともない」と
返答した。

11) Archivo General del Arzobispado de Sevilla Matrimonios Ordinarios, leg. 2255-B
（以下，AGAS MMOO とする）。エルナンデスは 4 年前に初婚の夫ドミンゴ・
デ・ロス・サントスの死去により寡婦となったと述べた証人たちの証言により、
結婚許可証が発行された。Archivo Histórico Diocesano de Madrid, Expediente
Matrimonial 2638（以下、AHDM EM とする）。半年前に初婚の妻を亡くした寡
夫のフアン・ゴンサレスとマドリードのサン・ヒネス教区在住 10 年の未婚女性
のマリーア・ルハーンも共にマドリード市民であったが、結婚前に許可証を申
請した。証人たちは、ゴンサレスの妻が半年前に亡くなり、マドリードのサン・
フランシスコ教会に埋葬されており、ゴンサレスがその後は再婚していないと
証言した。また、ルハーンとは 10 年来の付き合いであることを述べた上で、彼
女に結婚歴がないことを口述した。その後、許可証が発行された。女性たちが
積極的に夫の死亡などを書面で記録に残すようにした点については以下を参照。
Nakajima, S., *op. cit.*

12) *Constituciones sinodales del obispado de Jaén*, 1511, folio. lxxxviii (v) ; AHN INQ,
leg. 24, exp. 15. バリャドリード出身のアナ・ロドリーゲスとガリシア出身のマ
ルティン・ディアスがマドリードで結婚したとき、2 人はそれぞれ独身証明書
を作成し、その上で許可証を取得した。

13) AGAS MMOO, leg. 337. セビーリャに移住し、当地の市民になったブルゴス出

身の靴職人のディエゴ・デ・キンタニージャが1569年にセビーリャで結婚しよ
うとしたとき、彼は2人の男とセビーリャの司教代理の下に赴いた。2人の男
はキンタニージャとはセビーリャのサン・ロレンソ教区でそれぞれ8年と10年
の付き合いであることも証言した。そして、キンタニージャが「独身であり、
結婚歴もなく、いかなる婚姻関係も結んでおらず、また、これまでにいかなる
女性とも婚約しておらず、修道士になるための貞潔の誓い（voto de castidad）
もしていない」と証言した。これらの証言をもとに結婚許可証が発行された。
AGAS MMOO leg. 337. サラマンカ出身のディエゴ・マルドナードは、1571年に
セビーリャでエルビア・メレンデスと結婚しようとしたときに、4人の証人の
証言をもとに結婚許可証を申請した。申請書によれば、彼はセビーリャに移る
まで各地を転々としたことを口述した。具体的には14歳で故郷を離れてイタリ
アに渡りそこで8年間過ごした。その後、アルプハーラスの反乱時にグラナダ
に移り3ヶ月の間滞在した後に、セビーリャに移住した。マルドナードに続け
て4人の証人が彼とのこれまでの交友歴を述べ、そして彼の結婚歴の有無に言
及した。例えば4人のうち1人は、マルドナードの出身地であるサラマンカ以
来の11年間にわたる旧知の仲であり、その後もイタリア、そしてグラナダでも
彼と交流があったことを述べた上で、マルドナードが独身であることを証言し
た。また、もう1人の証人は8年前にマルドナードが16歳だった頃からの知り
合いで、それ以来イタリアからグラナダ、セビーリャへと同じ時期に移動を共
にしたことを証言し、「（知り合った当時）彼は結婚できるような年齢ではなく、
それ以来彼は独身だ」と証言した。

14) AHN INQ, leg. 25, exp. 14. ディエゴ・ロメーロは初婚の妻の生存中、2番目
の妻と結婚するためにロメーロが「独身である」との証言を同郷のガスパール・
デ・ボスクニャーナに依頼をすると、ボスクニャーナは「そのことを証言する
ことはできないが、10年前からの知り合いであることを証言した」。この証言で
ロメーロは結婚許可証を入手し、「教会で（2番目の妻と）結婚した」。AHN.
INQ. Leg. 29, exp. 18. アロンソ・サンチェスは初婚の妻の死の知らせは「バリャ
ドリード〈イベリア半島北西部〉在住の聖職者が宮廷（マドリード）に来たと
き」に聞いたと述べた後で、今度は妻がマラガ（イベリア半島南部沿岸地域）
で死んだとムルシア（地中海沿岸部）在住の絹商人から聞いたと述べた。2人
の証言で一致しているのは初婚の妻が死んだということだけであり、いつ、ど
こで死んで、どこに埋葬されているのかに関しての情報は2人の証言からは何
も確かなことはわからないが、サンチェスはこの情報で「文書をマドリードで
書記に作ってもらった」。

15) 女性が地元で自身を寡婦に仕立て上げるとき、16世紀前半においては寡婦の
パフォーマンスをしたが、後半になると、夫が他界したという情報を集め、そ

れを文書で残すようになった。Nakajima, *op. cit.* を参照。

16) AHN INQ, leg. 23, exp. 21. ミゲル・デ・クーボスの証言「この証人（クーボス）は、アンドレス・デ・セペーダとイサベル・アルバレスが結婚できるように、彼女の父親とともに結婚許可証をもらいに司教代理のバルボアを訪れた」。

17) セペーダが 1561 年頃に結婚許可証を申請したときに、クベーロがセペーダとの交友歴についてどのような証言をしたのかは不明だが、1566 年に異端審問所でクベーロはセペーダとの交友は 4 年ほど前に始まったと口述していることからも、1561 年から 1562 年頃にセペーダがアルバレスと結婚したその直前にクベーロとセペーダは知り合ったと考えられる。

18) フランソワ・ルブラン（藤田苑子訳）『アンシアン・レジーム期の結婚生活』慶應義塾大学出版会、2001 年、11 頁。

19) Gaudemet, J. *El matrimonio en Occidente,* Taurus Ediciones, 1993, p. 330.

20) ルブラン、前掲書、19-20 頁。「タメットシ教令」第一章「秘密婚が、有効な真の婚姻であることを、教会がその婚姻を無効としない限り、疑うべきではない。（中略）今後は、（中略）これ（公会議の定めるやり方）とは別のやり方で、婚姻の契約を結ぼうとする者について、聖なる公会議は、彼らにはそのような契約を結ぶ資格はまったくないとみなし、当教令がその旨定めるごとく、そのような契約は無効であることを宣言する」。

21) ルブラン、前掲書、20 頁。

22) Archico Parroquial de Santa Cruz, libros matrimoniales. año 1565（以下、APSC lib. mat. とする）。

23) APSC lib. mat. año 1565. 教区簿冊に婚姻が記録され始めた時期は地域によって異なった。イベリア半島北西部のガリシア地方では、1563 年にポンテベドラ州のサン・ファウスト・デ・チャペラ教区の教区簿冊に婚姻が記録されたものが残っているが（Martí Bonet, J.M. (ed.), *Guía de los Archivos de la Iglesia en España*, Asociación de Archiveros de la Iglesia en España, 2001, p.XXXVI.）、これは公会議の決定に従って記録が始められた結果ではないと思われる。1568 年にトゥイ司教のディエゴ・デ・トルケマーダがタメットシ教令を同司教区で発表すると、1570 年に早速ポンテベドラ州リバドゥーミアのシサン教区とア・コルーニャ州ポンテセソのパソス教区で婚姻の記録が始まった。本章の執筆のため、サンティアゴ・デ・コンポステーラ司教区文書館所蔵のガリシア各地の 37 教区（ポンテベドラ県の 8 教区とア・コルーニャ県の 29 教区）の簿冊を調査したところ、当地の結婚の記録はそれぞれの教区で 1570 年から 1605 年の間に始まったことがわかった。Archivo Diocesano de Santiago de Compostela, Fondo Parroquial, Casados.

24) AHDM EM 2638. 1599 年 10 月 27 日にマドリードのサンタ・クルス教区在住

70 第 I 部　スペイン

のフアン・ゴンサレスとサン・ヒネス教区在住のマリーア・デ・ルハーンが結婚許可証を入手し、両者の同意の下に結婚する意思を教区教会に伝えると、「サン・ヒネス教会とサンタ・クルス教会で婚姻の公示をするよう助司祭が命じられた」。その後、「3 回の日曜日と祝日に結婚障害の申し立てはなかった」ため、同年 11 月 6 日に「彼らを結婚させるようサン・ヒネスの司祭が命じられた」。

25)　AGAS MMOO leg. 337. この異議申し立てにより、ロペスとガルシーアの挙式は頓挫した。ロペスは自身が独身であることを主張し、婚姻障害の取り下げを願い出た。ロペスの初婚の妻とされる女性を含む 3 人の証人が喚問され、ロペスの結婚歴が調べられた結果、その女性と結婚しているのはディエゴ・ロペスではなくディエゴ・デ・エレーロスであり、名前の取り違えにより誤解が生じたことが判明し、ロペスの嫌疑は晴らされた。

26)　AGAS MMOO leg. 337. 地元民 vecinos のディエゴ・ディアスとカタリーナ・デ・モラーレスの結婚にも婚姻障害はなかったが、「何度も (muchas veces)」婚姻を公示しても、モラーレスの祖父が毎度異議を唱えて挙式を阻止したために、ディアスが結婚許可証の申請をした。両者の合意の下の結婚であることが確認され、許可証が発行された。

27)　Nakajima, *op. cit.*

28)　AHN INQ, leg. 23, exp. 20. カダアルソの市民フランシスコ・エルナンデスによれば、ソトは「もし初婚の夫が戻ってきたら、彼が彼女とやり直せばよい」と言っていた。

29)　Nakajima, *op. cit.*

30)　Bibliothèque nationale de France, Manuscrits, Espagnol. 354（以下、BNF Mss Esp. とする）.

31)　マルティンは初婚から逮捕されるまでの 10 年間で 15 回結婚した。まず、合法的な初婚に続けて、行方不明者の財産横領が関わらない違法な結婚（重婚）が 4 回、行方不明者の財産と妻を横取りしたのが 2 回、財産の横領をした上でその土地の女性と重婚した回数は 8 回あった。

32)　BNF Mss Esp. 354.「教会で婚姻の公示をした上で結婚した」。

33)　Davis, N.Z., *The Return of Martin Guerre*, Harvard University Press, 1983, p. 43.（ナタリー・デービス（成瀬駒男訳）『帰ってきたマルタン・ゲール』平凡社、1993 年）.

34)　Nakajima, S., "Non-return migration in Sixteenth Century Spain", *Hitotsubashi Review of Arts and Science*, Vol. 15, 2021, pp. 75-109.

35)　Vassberg, D., *The village and the outside world in Golden Age Castile : Mobility and Migration in Everyday Rural Life*, Cambridge University Press, 1997, p. 98 ; Eiras Roel, A. and Rey Castelao, O., *Migraciones Internas y Medium-Distance en la*

第 2 章　16 世紀スペインにおける民衆の結婚　*71*

Península Ibérica, 1500-1900, Xunta de Galicia, 1994.

36） Dedieu, *op. cit.*；García Cárcel and Morero, *op. cit*, p. 305；Testón Núñez, *op. cit.*

37） AHN INQ, libro. 730；lib. 731；lib. 936；leg. 1829；leg. 2042.

38） AHN INQ, leg. 21, exp. 23.

39） Nakajima, *op. cit.*

40） 生計を立てるために必要な技能を身につけていることは結婚生活を始めるた
めには重要だったという議論に関しては下記を参照。Flandrin, J. L., *Familles：
parenté, maison, sexualité dans l'ancienne société*, Editions du Seuil, 1984（森田伸
子、小林亜子訳『フランスの家族：アンシャン・レジーム下の親族・家・性』
勁草書房、1993 年）；Laslett, P., *The World We Have Lost, England before the
Industrial Age*, Third edition, Scirbners, 1984（川北稔、山本正、指昭博訳『われ
ら失いし世界：近代イギリス社会史』三嶺書房、1986 年）；Stone, L., *The Family,
Sex, and Marriage in Engalnd, 1500-1800*, Penguin Books, 1979（北本正章訳『家
族・性・結婚の社会史：1500 年-1800 年のイギリス』勁草書房、1991 年）.

41） Flynn, M., *Sacred Charity. Confraternities and Social Welfare in Spain, 1400-
1700* Cornell University Press, 1989, p. 82.

42） *Ordenanzas para el buen régimen y gobierno de la muy noble, muy leal e imperial
ciudad de Toledo*, Imprenta de José de Cea, 1858, p. 65.

43） Bonnassie, P., *La organización del trabajo en Barcelona a fines del siglo XV*, CSIC,
1975, pp. 82-83；Abellán, J. G., *Organización de los gremios en la Murcia del siglo
XVIII y recopilación de ordenanzas*, Academia Alfonso X El Sabio, 1976, pp.
103-104；Goy Diz, A., *Artistas, talleres e gremios en Galicia (1600-1650)*,
Universidad de Santiago de Compostela, 1998, pp. 45-46；Gracia Cárcamo, J., "Un
ejemplo del conflicto social en el artesanado de Bilbao：Las fugas de aprendices
(1600-1900)", *Vasconia Cuadernos de Historia-Geografía*, 18, 1991, pp. 109-121；
Redondo Veintemillas, G., *Las corporaciones de Artesanos de Zaragoza en el siglo
XVII*, Institución "Fernando el Católico", 1982, pp. 106-108；Ruiz Tejado, M.J.,
"Aprendices gremiales en Vitoria (1550-1575)", *Economía, Sociedad y Cultura
durante el Antiguo Régimen*, Editorial TXERTOA, 1988, p. 372；Sancho Seral, M.L.,
*El Gremio Zaragozano del siglo XVI. Datos para la historia de la organización
corporativa del trabajo en España*, La Academia, 1925, p. 60；Zofío Llorente, J.C.,
"Trabajo y socialización. Los aprendices en Madrid durante la segunda mitad del
siglo XVI" in Enrique Martínez Ruiz, (ed.), *Madrid, Felipe II y las ciudades de la
Monarquía：Las ciudades, capitalidad y economía*, Editorial Actas, 2000, pp.
521-535. 手工業職の見習い放棄の頻度に関して、一部例外も見られる。Hernández

72 第Ⅰ部 スペイン

Dettona, M.V., "El contrato de aprendizaje : Pintores, plateros, bordadores", *Príncipe de Viana*, 50-188, 1989, pp. 500-501.

44) 手工業職の条令では、見習いが親方の下を離れることを禁じ、そして修行期間中途で逃げ出した見習いを他の親方が自分の店で採用することも禁じた。1573 年トレードの絹職人条令 *Ordenanzas para el buen régimen y gobierno...*, p. 233。1563 年の帽子職人条令は以下を参照。Núñez de Cepeda y Ortega, M., *Los antiguos gremios y cofradías de Pamplona*, Imprenta diocesana, 1948, p. 52.

45) Archivo Municipal de Toledo. Exámenes de oficios. 1551-1605. Caja. 1117.

46) AHN INQ, leg. 26, exp. 13.

47) Davis, N.Z., *op. cit.*, p. 86.

48) AHN INQ, leg. 26, exp. 13.

49) AHN INQ, leg. 25, exp. 16.

50) AHN INQ, leg. 24, exp. 4.

第Ⅱ部　アメリカ

第 3 章

ポトシの不正鋳造と総巡察の分析
── 銀含有率の回復過程を中心に（1649-1652 年）──

佐 藤 正 樹

は じ め に

　経済史家のデニス・フリンは、地球規模での継続的な交易の開始を以てグローバル化の端緒とし、アジアとアメリカをつなぐスペインの拠点としてマニラが建設された 1571 年にグローバル化が始まったと論じている[1]。グローバル化の始点については論争があるものの、スペイン領アメリカ産の銀が、求められて世界各地をめぐったことは間違いない[2]。その銀の大部分を、少なくとも 17 世紀半ばまで供給していたのが南米ポトシのセロ・リコ鉱山（Cerro Rico）である。その生産量は莫大で、スペインの植民地期を通じて南米大陸で生産された銀の 60％ 近くをポトシが占めていたとされる[3]。ポトシで採掘された銀のすべてがスペイン本国に渡った訳ではないものの、それはスペイン帝国の厳しい財政を支える重要な存在であった。

　とはいえ、ポトシの銀生産量は 17 世紀初頭に頂点を極めると、以降はゆるやかに低下していく。一方で、この頃までにポトシの銀はその高い品質ゆえに世界の市場で求められるようになっていた。つまり 17 世紀は、ポトシにとって、高まる需要に対して供給が低下し続けた時期であった。そうした中、1640 年代になるとポトシで大規模な銀の不正鋳造行為が判明する。スペイン王室が定めた含有率を満たしていない銀塊や銀貨が作られ、市場に出回るようになったのである。ポトシにおける貨幣鋳造量の推移を見ると、

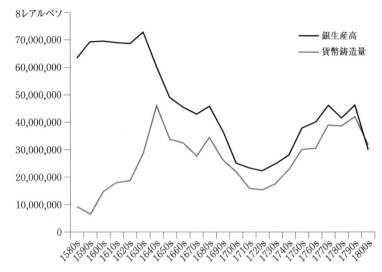

図1　ポトシの銀生産高と貨幣鋳造量の推移（1570-1810年）（Kris Lane, *Potosí : The Silver City that Changed the World*, Oakland : California University Press, 2019, p. 86.）

　1630年代から40年代にかけて、低下する銀生産量に対して鋳造量が上昇していることがわかる（図1）。このような事態を可能にしたのが、鋳造局内部で横行していた悪鋳であった。

　スペイン王室は事態の解明と解決のために、1647年にフランシスコ・デ・ネスタレス・マリン（Francisco de Nestares Marín）を鋳造局の総巡察官（visitador general）に任命する[4]。ネスタレスは約10年にわたってポトシの銀産業の改革に従事し、不正関係者の処分、低下した銀含有率の回復、悪貨の回収とその額面価値の引き下げなどを実現した。しかし、ネスタレスの改革後も銀生産量の減少傾向は変わらず、不正鋳造という隠れ蓑を奪われたポトシは、いまやその不調を誤魔化すこともできなくなり、長い停滞期に入る。その意味で、1640年代の不正鋳造とそれに続く総巡察は、植民地期ポトシの歴史における大きな転機であった[5]。

　本章の目的は、低下した銀の含有率をネスタレスがどのように回復したか

を明らかにすることである。ネスタレスは不正実行犯を極刑に処することもあったが、処罰にともなう抑止力だけでは、銀の品質を回復することはできなかっただろう。不正鋳造の発生には、様々な背景が存在した。ネスタレスはポトシの銀産業の仕組みを変えることで、高品質な銀を持続的に鋳造できる環境を作ろうとしたのだった。

　まずは不正鋳造と総巡察に関する先行研究を検討しよう。最初に研究者の関心を引きつけたのは、不正鋳造にともなう損失や混乱の大きさである。1963年、スペインの歴史家ドミンゲス・オルティスは、不正鋳造がスペイン帝国に及ぼした影響について考察し、帝国が被った経済損失は200万ドゥカード（ducado）に達したものの、ポトシの銀の信頼はすぐに回復し、再び世界中をめぐるようになった、と論じた[6]。そのおよそ10年後、ペルーの歴史家ローマン・ビリェーナは不正鋳造の進展と、その結果生じた混乱について精査し、ポトシの銀貨がかつての信用と評価を取り戻し始めるのは1659年末のことであると述べている[7]。一方、ポトシの銀が世界各地で信用を失っていく様子を跡付けたクリス・レーンの近業によれば、信用の回復にはより長い時間が掛かったようである。例えば東南アジアでは、1670年代に入ってもポトシの銀が拒絶されていたことがわかっている[8]。

　近年では、スペインの経済史家カルメン・サンスが、スペイン帝国の財政危機を扱った著作において、ポトシの不正鋳造問題をより大きな世界規模の経済ネットワークの中に位置付けて論じている。サンスも基本的には巡察の展開を叙述するにとどまっているが、不正の真の責任者として、リマに住んでいた主任検査官（ensayador mayor）のフアン・デ・フィゲロアを想定した点が新しい[9]。一方、ダニエル・オロペサはポトシに残る史料の精査に基づき、不正鋳造の実行犯と目されるフランシスコ・ゴメス・デ・ラ・ロチャの初期の経歴や、彼を中心とする銀商人たちのネットワークを明らかにした[10]。ただし、両著者ともにいくつかの年代の誤記を犯している[11]。こうした誤記は、それ自体は本質的ではないものの、より重要な問題を反映している。それは、不正鋳造を論じているにもかかわらず、巡察の過程で作成さ

れた文書記録を使用していないという点である。

　ネスタレスの巡察が生み出した調査記録は膨大であり、植民地社会の様々な側面を明らかにし得るものだ[12]。その巡察記録を読み込み、経済面に限定されない観点から行われる研究も近年増えている。クリス・レーンの近業は、巡察記録に基づきながら、前近代社会における腐敗を考察する[13]。レーンは、たとえ不正鋳造という大逆罪であっても、それを許容する「寛容の境界（línea de tolerancia）」が存在したのであり、その境界の変化に影響したのが社会を構成する人々の顔ぶれであったと論じる。一方筆者は、ポトシを政治的に管轄していたチャルカス・アウディエンシア（Audiencia de Charcas）[14]のメンバーたちがポトシの不正を間接的に後押ししていたことを、人々のつながりから明らかにした[15]。またジェイムズ・アルメイダは、鋳造局内の実働力であった黒人奴隷たちの「自由」について論じている[16]。

　ネスタレスの長い巡察において、いつ何が起きたかについては多くのことがわかっている。ただし、それらの経緯については、不明な部分も少なくない。例えば不正鋳造に関わった人間はほぼすべてが鋳造局から駆逐され、1652年の半ばには、規定の含有率を満たさない旧貨の額面価値切り下げが布告された。規定の含有率での銀貨鋳造の目処が立ったからである。しかし、不正鋳造が生じた背景には構造的な問題があり、それを解決しない限り、不正は再発する恐れがあった。また、仮に処罰への恐怖が不正行為の抑止力になったとしても、それ自体は低下した含有率の回復につながるものではない。その意味で、銀を再び高い含有率で、且つ継続的に鋳造できる状況をネスタレスがどのようにして整えたのかを問う必要がある。そのための試行錯誤をネスタレスは1649年から1652年にかけて繰り返しているが、これについてはアルゼンチンの貨幣研究者アルナルド・クニエッティが詳細な記述を残している[17]。しかし、クニエッティも銀の品質回復の過程で起きた出来事は明らかにしているものの、それらがなぜ・どのようにして生じたのかについては触れていない。本章はその経緯も含めて検討することで、ネスタレスが行った銀産業面での改革とその意図を明らかにし、彼の総巡察の意義

を再考する。

　本章は以下の構成をとる。まず、ポトシが 17 世紀初頭に世界規模の都市になったその過程と、この間に確立した銀の産業構造を確認する。次に、1640 年代に明るみに出た不正鋳造の実態と、なぜこの時期に不正鋳造が起きたのかを考察する。続いてネスタレスの総巡察について概観する。最後に、ネスタレスが銀の品質を回復し、それを維持していくためにどのような改革を行ったかを明らかにする。

1　スペイン支配下のポトシとその銀産業

　標高 4000 メートル近く、寒冷なポトシの地に、スペイン人が豊かな銀鉱脈を「発見」したのは 1545 年のことである[18]。鉱山はセロ・リコ（豊かな山）と呼ばれ、瞬く間にスペイン人が大挙した。さらに 1561 年、その重要性によりポトシはスペイン王から「帝国の都市（Villa Imperial）の称号を得る」[19]。しかし、最初のシルバーラッシュは長くは続かなかった。1560 年代後半になると、地表からとれる高純度な鉱石は掘り尽くされてしまったからである。ポトシが名実ともに世界最大の銀生産地となるには、ペルー副王フランシスコ・デ・トレド（在位 1569-1581 年）の登場を待つ必要があった。南米アンデスの地にスペインの植民地支配を確立したことで知られるトレドは、労働力・製錬技術・貨幣供給の 3 つの面を改革し、効率的な銀の生産工程を構築した。

　まず労働力について。地表面の鉱石を取り尽くした後は、鉱山を深く掘り進めながら、純度の低い鉱石を大量に採掘する必要があった。そのためには労働力を十分且つ継続的に鉱山に供給しなければならない。トレドは先スペイン期のアンデスで行われていた輪番労働の仕組みを再編し、大規模な強制労働システムを構築することでこの問題を解決した。具体的には、ポトシから一定距離圏内にある先住民村落に対し、18 歳から 50 歳までの成人男性人口の 16％相当を労働力として毎年供出させたのだった。数値を見ると、

1578 年から 1610 年にかけて、集められた労働力は年間およそ 1 万 4000 人に達している[20]。彼らはさらに 3 つのグループに分けられ、1 年間のあいだ 1 週間交代で採掘に従事した。これをミタ制度（mita）という。ミタは先住民言語ケチュア語において「順番」を意味し、ミタ労働に従事する先住民はミタヨ（mitayo）と呼ばれた。労働力としては、個人で採掘作業を請け負う賃金労働者も存在し、彼らはミンガード（mingado）と呼ばれた。17 世紀初頭のポトシにおけるミンガードとミタヨの比率は 7 対 3 であったが、前者の大半は非番あるいは労働義務を終えたミタヨであった[21]。このことからもミタ制度が労働力の根幹をなしていたことがわかる。

　技術面に関しては、トレドは採掘した鉱石を製錬する手法を刷新した。即ち、インカ期から行われていた素朴な風炉による製錬法に代えて、当時ヌエバ・エスパーニャ（メキシコ）副王領で実用化されたばかりの水銀アマルガム法を導入したのである。これは、水銀を用いて銀鉱石から合金を作った後、加熱して水銀を蒸発させることで、銀の含有率をある程度高めた粗銀（piña）を取り出す、というものである。幸運なことに 1563 年にはペルー副王領内のワンカベリカで水銀鉱山が発見されており、ポトシへの水銀の供給が容易になっていた。

　新技術を用いて製錬作業を行う製錬所（ingenio）を、トレドは鉱山の麓に建設させた。採掘した鉱石を砕くミルの動力として水が必要だったが、ポトシには恒久的な自然の水源はない。そこでトレドは鉱山の東に広がる山系にいくつものダムを設けることによって水源を確保した。これらのダムの水を用いて作られたリベラ川（La Ribera）は、製錬作業や人々の生活用水として用いられただけでなく、ポトシという空間が「2 つの共和国」であることを視覚化する役目も担った[22]。リベラ川はスペイン人が住まうポトシの市街と、鉱山の麓、ミタ労働に従事する先住民たちの住居（ranchería）を分け隔てるように流れていたからである（図 2）。

　ここで鉱山業者（minero）と呼ばれる人々についても説明しておきたい[23]。17 世紀当時のアンデスにおいて、この語は「鉱脈及び製錬所の所有者や賃

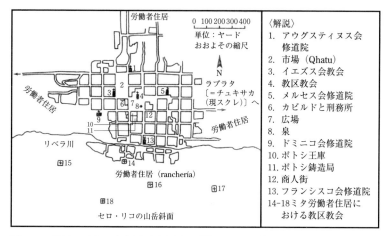

図2　17世紀のポトシ市街図（眞鍋周三「植民地時代前半期のポトシ銀山をめぐる社会経済史研究―植民地時代前半期―（後編）」『京都ラテンアメリカ研究所紀要』No.12、2012年、4頁をもとに作成。）

借人」を意味した。彼らはミタヨのように自ら労働するのではなく、鉱山労働を管理する人々であった。一方、水銀（azogue）を製錬作業に用いたことから、製錬所の所有者や賃借人たちはアソゲーロ（azoguero）と呼ばれた。ポトシの場合、彼らの多くは鉱山業者でもあった。アソゲーロは鉱山社会の経済的・社会的ヒエラルキーの頂点に位置し、カビルドを通じて街の統治に積極的に関与した[24]。なお、アメリカ植民地の地下資源の所有者はスペイン王室である。鉱山業者は、採掘する鉱脈の登録とその継続的な開発、そして五分の一税（後述）に代表される諸税の支払いを条件に、スペイン王室からこれを譲り受けて採掘を行った。

　先住民の手によって採掘された低純度の鉱石は、麓の製錬所に運ばれ粗銀に加工される。粗銀は、続いてポトシ王庫（Caja Real de Potosí）に持ち込まれて溶解され、スペイン王室が定めた含有率（約93％）の銀塊に加工される[25]。この時に銀塊価格の20％相当分が「王の五分の一税（quinto real）」として王庫に支払われる。課税が済んだ銀塊は刻印され、理論上はこれを以っ

図3　1556-1700年におけるポトシの五分の一税徴税額の推移（Jeffrey Cole, *The Potosí Mita, 1573-1700*: *Compulsory Indian Labor in the Andes*, Stanford: Stanford University Press, 1985, p. 16. をもとに作成。）

て市場で扱うことが可能になった。五分の一税徴収額の推移を見ると、1570年代に副王トレドが行った改革がポトシの銀生産力を著しく上げたことがよくわかる（図3）。

さらに1574年、トレドはそれまでリマに置かれていた鋳造局を、ポトシ王庫に隣接する場所に移設した。王庫で課税の済んだ銀塊のうち、一定量が鋳造局に持ち込まれ、銀貨へと加工された。銀塊はまず検査官（ensayador）によって含有率の検査を受ける。このとき、規定の含有率に満たない銀塊は王庫に戻され、基準を満たした銀塊にはその含有率が刻印される。この検査済みの銀塊を plata ensayada と呼ぶ。刻印された銀塊の一部はリマ及びスペイン本国へ送られ、残った銀塊は引き続き、鋳造局内の坩堝（hornaza）を用いて、銀貨へと加工された。

銀貨鋳造の工程は多岐にわたる[26]。銀塊はまず延べ棒（riel）状に鋳直され、金切り用の大バサミ（cizalla）を用いて細かい銀片（cospel）に切断され

る。切り出された銀片は大バサミとハンマーで形をコイン状に整えた後、再び坩堝で焼き入れ・焼戻しすることで硬度を強化する。でき上がった硬貨は黒色化し、moneda negra と呼ばれる。黒色硬貨は漂白された後、ハンマーで刻印を行い、ようやく鋳造が完了する。鋳造された銀貨は重量や品質確認を行った後、袋詰めされ、銀塊を鋳造局に持ち込んだ所有者に返却される。このとき、鋳造手数料（braseaje）と、鋳造税（señoreaje）が王庫に支払われた。

　1570 年代からの銀生産高の急上昇と併せて、ポトシの街も成長した。17世紀初頭の時点でポトシの人口は 10 万を数えたが、これは当時のロンドン（20 万）やアムステルダム（6 万）、セビーリャ（12 万）に匹敵する数値だった[27]。しかし、街の隆盛を支えていた銀の生産量はこの頃から下降していく。やがて、通常よりも銅成分を多く含む銀がポトシに出回り始める。

2　不正鋳造とその背景

　銀鉱石の採掘から銀貨の鋳造に至る工程は多岐にわたる分業制で、多くの人間が介在した。そのため、不正を行う機会は各所に生じた。まず、鉱石や粗銀の段階で、盗まれて市場に流れる銀が少なくなかった。多くの銀が王室の課税を逃れて使用されていたようである[28]。ただし、この種の不正は大規模に行えるものではない。それに対して、1640 年代に発覚した悪鋳は、ポトシ王庫と鋳造局の内部で、組織的に行われていた。不正行為の中心にいたのは銀商人（mercader de plata）と呼ばれる人々である。彼らは黒人奴隷を用いて、銀の様々な鋳造過程において銅を混ぜ込むことで、額面価値以下の銀塊・銀貨を大量に作り出していた。

　銀商人とは、ポトシの銀産業の 3 つの軸（鉱山、製錬所、王庫・鋳造局）の間を仲介する役目を果たした仲買人である。彼らは鉱山業者から鉱石を買い取って製錬所に、そしてアソゲーロからは粗銀を買い取って、王庫・鋳造局に持ち込んだ。また彼らは、鉱山業者やアソゲーロらに資金や水銀のような

必要物資を供給する役目も果たしていた[29]。銀商人は、公的な信用貸しが不十分であった当時のポトシにおいて、ある種の民間の信用貸しとして機能していたのである。ネスタレスによる調査は、鋳造局が彼らによって半ば私物化されていた様子を明らかにする。例えば、当時鋳造局の財務官であったバルトロメ・エルナンデスについて、彼の指揮下で働いていた現場監督の1人は「〔バルトロメ・エルナンデスは〕帳簿に記載することも、鋳造手数料を支払うこともなく、9万6000マルコの銀貨を鋳造していた」[30]と発言している。このような証言は枚挙にいとまがない。しかし、いつ・どのようにして銀商人は現れ、鋳造局に入り込んだのだろうか。そもそもなぜポトシの不正鋳造はこの時期になされたのだろうか。

　1640年代に大規模な不正鋳造がなされた理由としては、いくつかの事情を指摘できる。まず冒頭で述べた通り、外部の需要の高さにもかかわらずポトシの銀生産量が下降を続けていたという構造的な問題がある。含有率を下げることで銀の量を水増しすれば、一時的とはいえ、需要を満たすことはできる。とはいえ不正鋳造は大逆罪であり、外部に知られることなく遂行するには鋳造局内部で作業する人間が結託する必要があった。そのような、不正鋳造が容易に行える環境が1630年代以降作られ始めるが、この変化はスペイン王室の水銀政策と財政策が後押ししたものだった。

　銀の製錬に必須の材料である水銀は、スペイン王室が独占的に管理していた。具体的にはポトシのアソゲーロらに対し、その功績に応じて信用払いで水銀を分配していたのである。しかしこの信用払いの方式は、1620年代に停止される。アソゲーロらが借金を重ねるばかりで、返済の見込みが立たなかったからである。そこでスペイン王室に代わったのが銀商人であった。彼らはアソゲーロに資金や水銀を供給し、その対価として回収した粗銀を王庫・鋳造局に持ち込んだ。こうして1630年代、ポトシではスペイン王室による公的な金融から民間による私的な金融への移行が生じたとされる[31]。

　銀商人の多くは、ワインやコカの葉のような、ポトシで需要の高い商品を扱う商人としてキャリアをスタートし、やがて銀を扱うようになっていっ

た[32]。加えて彼らはある時期から鋳造局内でも作業するようになる。この点については、スペイン本国が財政難のために講じたいくつかの政策が、銀商人たちの行動範囲の拡大に寄与したと思われる。それは1630年代に進行した売官制と、フェリーペ4世の治世に頻繁に求められた献金政策である。例えばバルトロメ・エルナンデスは1639年10月、鋳造局の財務官と漂白係の職務を5万ペソで購入している[33]。一方、不正鋳造の中心人物と目されるフランシスコ・ゴメス・デ・ラ・ロチャは、王に5万826ペソもの献金を個人で行ったのみならず[34]、チリ沿岸部の防衛費も捻出した[35]。フェリーペ4世はこれに対し、ロチャに感謝の文書をしたためている[36]。この年、ロチャはカピタン（capitán）の称号をともなうようになり、鋳造局の設備を、その操業時間後に使用することを許可される。ほどなくして「普段よりもピンクがかった」、即ち銅成分の多い硬貨の存在が街で噂になり始めたという[37]。王への献金が文字通りの無償奉仕ではなく、見返りをともなうものであったことを踏まえるならば、献金はロチャの権限の拡大に何かしら寄与していたと思われる[38]。

　不正鋳造の経済的な要因として、銀鋳造の業務がそもそも儲からなかった、という点も重要である。鋳造関係者の間には、不正行為に手を染める動機があらかじめ存在していたとも言えよう。この点について、鋳造局の現場監督を長く務めていた人物は、ネスタレスの調査に対し次のように語っている。「およそ5、6年前〔1642年頃〕のことだが、鋳造作業による利益はだいたい500から600ペソであった。利幅としては非常に少なかったから、〔鋳造する者たちは〕皆非常に貧しかった。その後少しして（約2、3年前〔1645年頃〕）、私がトゥクマン地方から戻ってくると、その貧しかった彼らが大変豊かになっていた。［中略］〔彼らが短期間でかくも豊かになったものだから〕これは銅を混ぜて贋金を作っていたことは明らかであった。私自身、出回っていた銀を検分し、その含有率不足を確認していた」[39]。この証言からは、本来それほど儲かるものではなかった鋳造業務がある時期から不自然に大きな利益をもたらすようになったこと、そしてそれを可能にしたの

86　第Ⅱ部　アメリカ

が不正鋳造だった、ということがわかる。

3　ポトシ総巡察（1648-1660年）とその前史

　それではポトシの不正鋳造はいつ頃始まり、世界はいつ頃それに気付いたのだろうか。時期を特定することは難しいものの、劣悪な品質の銀は1640年以前から頻繁に出回るようになっていたようだ[40]。1641年3月、当時チャルカス・アウディエンシアの巡察を行っていたフアン・デ・パラシオスは、裕福で権力を持った複数の銀商人が鋳造局で不正鋳造を行い、短期間の間に莫大な富を獲得している、と王に告発している。しかし彼らは広い交友関係を利用して互いに便宜を図り処罰を逃れているため、対策は難しいだろう、とも巡察官は述べている[41]。アウディエンシアの議長フアン・デ・リサラスと衝突したこともあり、めぼしい対策も取れぬまま、パラシオスは更迭されスペインへと帰っていった。

　それから間もない1644年、ペルー副王マンセラ侯爵はポトシのコレヒドールであったブラス・ロブレス・デ・サルセドに事態の調査を命じた。しかし彼らも問題を解決することはできなかった。鋳造記録の押収を試みるなどしたサルセドだったが、やがて鋳造局に干渉することの不毛さを副王に説くようになり、副王も調査継続を断念した。鋳造局のほぼすべての人間が不正に関わっているため、調査を強行すれば鋳造局の機能停止はまぬがれ得ず、王庫の損失も不可避だったからである[42]。サルセドは調査の最中に不審な死を遂げている。

　問題解決の試みが進まぬ一方で、ポトシから生み出される劣悪な銀の噂は世界中に広まりつつあった。スペイン王室は当初、そして深刻な不正鋳造の実態が明らかになった後に至っても、不正鋳造は事実として起きているというよりは寧ろ敵国による陰謀である、という主張を繰り返していた[43]。しかしポトシの銀が自国内はおろか、ヨーロッパの各地で拒絶されるに至って、いよいよ本格的な調査に乗り出さざるを得なくなった[44]。人選は二転三転し

た後[45]、1647 年 9 月、それまでスペインのバリャドリードで異端審問官を務めていたフランシスコ・デ・ネスタレス・マリンが総巡察官に任命され、ポトシ鋳造局で起きている事態の解明と是正、とりわけ銀含有率不足の解決が託された[46]。それまでの巡察官と異なる点は、ネスタレスがこのときすでにチャルカス・アウディエンシアの議長にも内定していたことである。巡察官は制度的な裏付けのない職務だったため、あらかじめ高い地位を兼ねておくことでネスタレスには行動の余地が生じたと思われる。

　なお、ネスタレスの巡察が始まる少し前の 1648 年 7 月にも、ポトシのコレヒドールのフアン・ベラルデ・トレビーニョが鋳造局の巡察を行い、検査官フェリペ・ラミレス・デ・アレリャーノを逮捕している。検査官の職務は含有率の低い銀を選別し鋳直させることにあったが、ラミレスは買収されてこの職務を全うしなかった、というのが罪状である。しかし当の検査官によればこれは言いがかりで、彼はこのときスケープゴートにされたのだった[47]。ラミレスの主張の真偽は本章では扱えないが、間もなく始まるネスタレスの総巡察において、ベラルデ自身が不正に深く関与していたことが判明する。

　ネスタレスは 1648 年 11 月にアウディエンシアが置かれているラプラタ市に到着すると、翌 12 月にはポトシで秘密裏に調査を開始している。ネスタレスの総巡察は 10 年もの長期間に及んだが、その活動内容に着目すると 3 つの段階に分けることができる。まず、巡察開始から 1650 年初頭までの第 1 段階は、巡察に対し現地の権力者を中心に強い抵抗があった時期である。巡察には頓挫の可能性がつきまとっていた。ポトシが緊張に包まれる中、ネスタレスは情報収集と並行して、銀の品質改善と安定供給の実現、そして不正関係者の処分をめぐって試行錯誤を繰り返した。一度は銀商人との和解も考えたネスタレスだったが、両者の関係は最終的に破綻する[48]。1650 年 2 月、不正に最も深く関与していた 1 人であるフランシスコ・ゴメス・デ・ラ・ロチャを処刑し[49]、続いて不正実行犯と利害を共有していた在地の権力者を追放すると[50]、巡察は新しい段階に入る。ネスタレスは、それまで秘密

88 第Ⅱ部 アメリカ

裏に進めていた不正関係者への調査を、公の審問に切り替える[51]。これ以降、巡察に対する妨害行為が、不正関係者によって行われることはなくなった。

続いて、不正関係者に対する公開審問と、銀の品質回復、そして悪質な銀によって引き起こされた問題の解決に注力する第2段階が始まる。この段階は、1652年半ばに、従来の銀含有率の完全な回復の目処が立ったことと、「額面価値引き下げ（baja de la moneda）」の布告を以って一旦の解決をみる。この布告は巡察以前、そして巡察開始直後の1649年に鋳造された銀の額面価値の引き下げ、及びその回収と再鋳造を命じるものであった。最後に、第3段階としてネスタレスはミタ制度や水銀の配分といった、鉱山側の運営改善に取り組んだ。しかしあらたに赴任したポトシのコレヒドールとの対立によって巡察はしばしば中断し、めぼしい変更を加えることのできないまま、ネスタレスは1660年4月にラプラタ市で死を迎える[52]。

冒頭の研究史検討で見た通り、17世紀半ばのポトシの不正鋳造と、それにともなうネスタレスの総巡察に関する研究は少なくない。しかし、先任者たちが成し得なかった改革をネスタレスはどのように実現したのか、という点については十分に論じられてこなかった。次節では、ネスタレスが銀の品質を回復させるために、ポトシの銀産業をどのように変えたのか、その意図と併せて検討する。

4　銀含有率回復の過程

巡察開始直後から、ネスタレスの下にはポトシの銀をめぐる様々な問題について情報が集まった。その主だったものは、銀商人らによる不正の実態、彼らの広範なネットワーク、主に水銀の信用払いで借金漬けになっていた鉱山業者・アソゲーロたちの窮状、そして王庫に持ち込まれる粗銀の不足と、それにともなう鋳造銀貨の減少である。本章では、最後の2点に着目して史料を分析する。

第 3 章　ポトシの不正鋳造と総巡察の分析　*89*

　ネスタレスは最初の改革の試みとして、巡察開始から約半年を経た 1649 年 4 月、銀生産の工程に関する新しいルールを策定し、コレヒドール、カビルド、アソゲーロのギルドに通告している。その内容は多岐に及んだが、特に重要なのが「今後、銀の鋳造に銀商人は関わってはならない。代わりに信用のおける人物をあらたに 3 人選任し、彼らには 1 パッケージ（partida）[53] 鋳造するごとに 125 ペソの報酬を与える」、「粗銀を鋳造局に売る際は 5 ％の利益を認める」という項目だ[54]。銀商人が不正鋳造に深く関わっていることを知ったネスタレスは、彼らの排除を試みたようである。この新ルールに対し、コレヒドールとカビルドは共に賛意を示したが、アソゲーロたちは、銀商人を排除すれば必要物資を供給する人間がいなくなってしまうとして難色を示した[55]。またこのとき、彼らは「レアル銀貨の十分な供給」がされるよう求めている。鉱山労働者や製錬所での作業に対して毎週行われる支払いには銀貨が必要だが、供給不足によって支払いは 3・4 週間滞っており、深刻な損害となっているからだった[56]。

　銀商人抜きで銀を鋳造しようとしたネスタレスだったが、その試みは失敗に終わった。約半年後の 10 月 14 日、ネスタレスは緊急便（un correo extraordinario）をペルー副王サルバティエラ伯爵に送っている[57]。曰く、鋳造過程を調整した結果、非常に控えめな利益しか残らなくなったため、銀貨を鋳造してくれるものがおらず、ポトシは深刻な銀貨不足に陥っている。そのため現状では 2 週間もしないうちに、採掘作業をしている先住民への支払いが行えなくなる。そうすれば彼らはポトシから逃げ出し、ミタ制度の継続は困難になる。ミタが崩壊すれば、銀生産は根幹からストップしてしまう。五分の一税による王室収入も莫大な被害を被るだろう、と。ネスタレスは「鋳造を望むものがいないために生じている深刻な硬貨不足」を解消するために、銀商人らに対し王庫におさめてある「課税・鋳造待ちの銀塊」を隣接している鋳造局の宝庫に移すことを命じ，銀塊の 4 ％相当の報奨金を便宜（por su mayor conveniencia）として約束した。事後的に報告を受けたリマの副王は、あくまで一時的な策とすべき、と釘を刺しつつ、ネスタレスの決定を

90　第Ⅱ部　アメリカ

承認している。こうして、銀商人と妥協しながら新しい銀塊・銀貨の鋳造が
行われた。

　総巡察開始後にネスタレスの監督下で鋳造された銀貨の品質はどのような
ものだったのだろうか。新銀貨は 1649 年 11 月にポトシで検査された後、翌
12 月にはリマに送付され、再び品質検査が行われた。スペイン王室が定め
た 93％という含有率に基づくと、鋳造銀は 1 マルコ当たり 11 ディネーロ 4
グラーノの銀を含む計算になる[58]。これに対して、1649 年鋳造の新銀貨の
銀含有量は 1 マルコ当たり 6 グラーノ足りない 10 ディネーロ 22 グラーノで
あることが判明した[59]。これは 90％相当の含有率であり、決して低い数値
ではない。だがこの新銀貨については、銀の含有量も銀貨自体の重量も不足
しているという苦情が様々な人々からペルー副王の元に寄せられていた[60]。
品質検査を終えた後の 1950 年 1 月 20 日，新銀貨に欠けている 6 グラーノの
銀をネスタレスは回復せねばならない，と副王は述べている[61]。王もまた、
ネスタレスの努力に感謝を示しつつも、含有率の完全な回復を求めた[62]。

　ネスタレスは、リマ及びマドリードの要求にただちに反論する[63]。彼の反
論は、なぜポトシで不正鋳造が起きたのか、その理由説明にもなっている。
まず、巡察の前後で銀貨の質に変化がない、ということはあり得ない話だっ
た。というのも，巡察以前に流通していた銀貨の含有率は 50％ほどだった
からである。鋳造環境について試行錯誤しながら、ネスタレスは飛躍的に鋳
造銀の品質を改善したことになる。ここからさらに含有率を上げることは、
ネスタレスに言わせれば不可能であった。それは以下のような事情による。
まず、ポトシの銀が含有率を保てなくなった要因として、鋳造銀の原料であ
る粗銀がリマへ流出しているという状況があった。リマの衣服商人が粗銀を
鉱山業者から買い取っていたのだ。原料が不足している以上、改鋳による水
増しは不可避となる。流出した粗銀は、遠くポルトベロまで運ばれ衣服と取
引されていたようだ。

　粗銀の流出について、リマのペルー副王は、取り締まりの厳重化によって
対処しようとした[64]。副王は力による解決を試みたわけだが、ネスタレスが

採った手段は異なる。1649年4月、鋳造局に売却される粗銀に5％のプレミアムを設定したのはこの問題を解決するためであった。ネスタレスは鉱山業者たちが粗銀をリマではなく鋳造局に流したくなるような、経済的な動機付けを図ったのである。しかるに、ここで王室や副王が求めるように正しい含有率を実現しようとすると、鋳造銀1マルコごとに6グラーノ分の銀を、あらたに準備しなければならない。しかし、そのための資金は確保されておらず、含有率を上げようとすると、上述の5％のプレミアムを犠牲にしなければならなかったのである。これでは粗銀の流出は止められず、不正鋳造の再発も避けられない。含有率を従来の基準に戻すことにネスタレスが反対する所以である。

　王に宛てた報告書で、ネスタレスは次のように副王を批判している。「陛下は、リマからポトシを統治することは、トレドからポトシを統治することと同じである、と何度も耳にされたことがあるでしょう。この格言が、今回ほど適切に感じられることはありません」[65]。なぜなら、鋳造局に持ち込まれる粗銀の量の低下は、2つの甚大な影響を及ぼすからである。1点目は、粗銀がポトシ王庫に持ち込まれ、銀塊へと加工される際に課税される五分の一税の減少であり、それにともなう王室財産の損失である。そして2点目は貨幣供給の停止である。特に2点目は、ネスタレス自身が1649年10月に説明した通り、より重篤な問題を、即ちポトシの機能停止を招きかねなかった。ポトシの現状を目の当たりにしてきたネスタレスにとって、「6グラーノ」にこだわるリマとマドリードの態度は、本末転倒であった。むしろ、粗銀の売却や、銀の鋳造作業に対して積極的にプレミアムを設定することで、結果的に王庫・鋳造局に入る銀の総量は増えていき、五分の一税の徴収額も、貨幣供給量も上がっていく、とネスタレスは考えていた。彼によれば、ポトシの銀産業の健全化には、何よりもまず銀の主たる生産者である鉱山業者らが十分な利益を得るべきであった[66]。

　6グラーノをめぐる議論は中々決着しなかった。1651年4月26日付の報告書簡において、ネスタレスは従来の含有率に固執することの愚を王に説い

ている[67]。ここでネスタレスは、1497年当時にカスティーリャで設定された含有率を、17世紀半ばのポトシで遵守することが不可能である理由を述べ、銀貨の含有率は柔軟に運用されるべきだと主張している。主だった理由は以下のようなものである。1497年当時に比べ、今では労働力のコストが跳ね上がっていることに加え、先住民人口の激減にともないミタ労働者も制度開始時の半分以下に減少してしまっていた。五分の一税の徴収方法も、今と昔では異なっている。昔は採掘した鉱石に対して課税がなされており、今より負担が軽かったのである。加えてポトシという地に特有の事情があった。鋳造税は、スペイン本国では1マルコあたり11マラベディ（maravedí）であるのに対し、ポトシでは34マラベディの課税があった。またポトシの鋳造局役人はスペインのそれよりも給与が高かった[68]。さらに、ポトシでは五分の一税の課税時に銀塊1個当たり14レアルが徴収される上に[69]、コボス（los Cobos）という追加税もあった[70]。要するにポトシはスペイン本国よりもはるかにコストのかかる場所だったのである。

　これらの費用を抱えながら、なおかつ鋳造現場の利益を確保するには、含有率の柔軟な運用は必須であった。しかし、スペイン王室やリマのペルー副王は93％の含有率維持に強くこだわった。不思議なことに彼らはその理由を詳らかにしないのだが、1つは銀が国際通貨であったことに求められるかも知れない[71]。スペイン王室にとってポトシの銀がかつての信用を取り戻すことは急務であり、そのためにも含有率の柔軟な運用は認められなかったのではないだろうか。

　史料を見る限り、ネスタレスは含有率の値をめぐっては、柔軟な運用の必要性をその後も訴え続けているものの、最終的には王室に譲歩したようである。しかし、その含有率を回復する方法、すなわち不足していた6グラーノの銀を補う方法については譲らなかった。ネスタレスはこのための費用を、鋳造現場の利益からではなく、王室財産及び王庫役人の給料から捻出するよう王に求めた。具体的には、上述のコボス税の廃止、銀塊1個当たり14レアルの課税の廃止[72]、鋳造局役人全体の給与の微減によって生じた資金を

含有率の回復に充てるよう、ネスタレスは説いたのである。これに対し、特に王庫の収入となるコボス税の廃止については王室も副王も難色を示したが、ネスタレスは折れなかった。なぜなら同税を廃止しない限り、含有率回復に必要な費用は鋳造関係者の利益から捻出せねばならず、粗銀を確保するために設定したプレミアムの維持も危ぶまれたからである。

　1652年6月15日、ネスタレスは王に宛てた報告書において、「含有率維持のための費用を王自身が負担するのは不当だ、という言説を私は強く批判する」[73]と明言した上で、古今東西の歴史において硬貨の含有率がいかに柔軟に運用されてきたか事例を挙げ、1マルコにつき3グラーノ程度の誤差を認める柔軟な運用をすれば陛下は大きな利益を得られる、と3つの理由とともに説いている。1つは、含有率を維持するために王室財産からの持ち出しも、王の家臣の持ち出しもせずに済むこと。2つ目は、このわずかな誤差がスペイン帝国内の諸王国にとって大きな利益となること。だが最も重要なのは3つ目の理由であろう。即ち、含有率を柔軟に運用すれば、アソゲーロ、鉱山業者、商人たちがそれぞれ自分たちの事業に見合った利益を得ることができる。その限りにおいて、彼らは、わざわざ不正鋳造を犯すようなことはない、というのである[74]。稼げないから犯罪が起きるのだ、という理屈は、含有率回復の過程を通じてネスタレスに一貫した考え方の1つである[75]。この1652年6月15日の報告書において、ネスタレスは含有率を厳密に運用する場合に生じる追加費用を賄う資金は王室財産から捻出されるべきであると述べている。そのためには「最近導入された税のいくつか」を廃止するのが良いとし、コボス税の廃止を提案したのだった[76]。約2週間後にネスタレスはリマの副王に対しても書簡を送っているが、そこでは、正しい含有率に則って、即ち含有量をさらに6グラーノ増やして銀を鋳造する場合、年間2万ペソの費用があらたに発生すること、そしてその費用はコボス税を廃止しない限り捻出不可能であると述べている[77]。

　ネスタレスの主張に王の宮廷がどう応答したか史料からはわからないが、7月27日にはリマ・アウディエンシアにおいてコボス税の徴収停止が決定

94　第Ⅱ部　アメリカ

されている[78]。そして 8 月 21 日、ネスタレスはポトシにおいて同税を廃止する命令を出した[79]。コボス税が廃止されたことで、粗銀を鋳造局に持ち込んで銀塊に加工する際に、その銀塊価格の 1.5％相当の課税が免除される。ただしその免除分は粗銀所有者の懐に行くのではなく、加工中の銀塊の銀含有量の増加に充てられた。こうして、93％の含有率を持続的に運用するための資金面での目処が立ったのだった。

お わ り に

　本章では、総巡察官フランシスコ・デ・ネスタレス・マリンがポトシの銀の含有率をどのようにして回復したか、その意図も含めて検討してきた。不正鋳造は大逆罪であり、ネスタレスは不正関係者に対し、特に銀商人ロチャの処刑以降は厳しい態度で臨んだ。しかしその一方で、ネスタレスはポトシの銀産業を取り巻く様々な問題についても認識していた。それは、一世紀以上前にスペイン本国で設定された銀の含有率を、様々な条件が異なるポトシにそのまま適用することの難しさであり、貨幣供給が求められるポトシにおいて銀の鋳造作業が儲からないという状況であり、鋳造作業に必須の粗銀がリマに流出しているという事態であった。こうした問題は、王権に基づく強制力だけでは解決できない。ネスタレスは、粗銀の買取価格を高く設定し、鋳造作業の報酬を増額することによって、銀の原材料確保と銀鋳造の経済的動機付けを実現しようとした。総巡察官は、ポトシの銀産業に従事する人々に利益をもたらす仕組みを作ることで、銀の品質回復と不正の再発防止を図ったのである。そのためにも、品質回復のための費用はポトシの銀産業の利益からではなく、スペイン王室の税収から捻出する必要があった。この方針にスペイン王やペルー副王は反対したものの、ネスタレスはコボス税を廃止することで、継続的に高品質な銀を鋳造するための資金を確保した。ネスタレスによる銀産業の改革の特徴は、スペイン王室の要求よりも、ローカルなポトシの銀産業従事者の利益を優先した点にある。ただしネスタレスによれ

ば、ここで生じる王室の負担はより良い未来、即ち銀貨鋳造量の増加と、それにともなう五分の一税徴収額の増加につながるものであった。

このようなネスタレスの改革をどう評価すべきだろうか。まず、ネスタレスが王に説いたような結果が得られたかというと、図1・3などを見る限り、これを肯定するのは難しい。基本的に五分の一税の徴収額は低下を続ける銀の生産量と連動しているし、ポトシは総巡察以降も慢性的な貨幣不足に苦しんでいたからである[80]。ネスタレスは、含有率の回復を実現した後は、水銀の配分方式や、ミタ制度の改革に取り組んだが、根本的な変更を加えることはできなかった。また冒頭でも触れた通り、ネスタレスの総巡察はポトシの銀生産力の低下傾向を変えるものではなかった。寧ろネスタレスは不正鋳造という隠れ蓑をポトシから奪うことで、その衰えを白日の下に晒したと言える。恐らくそのためか、「ネスタレスの仕事は、チャルカス全体の社会経済構造を変えるほどの重みを持ってはいなかった」と評する研究者もいる[81]。しかし本章で明らかにした変化、とりわけ粗銀の売却に5％のプレミアムを設定した事実を踏まえるなら、こうした評価には再考の余地がある。鋳造局がより高額の買取価格を提示した結果、それまでスペイン王室の目を逃れてポトシからリマに流れていた粗銀の量はどのように変化しただろうか。ネスタレスの改革が銀の経路に与えた影響については今後の課題としたい。

1) デニス・フリン（平山篤子訳）「グローバル化は 1571 年に始まった」秋田茂・西村雄志編『グローバル化と銀』山川出版社、2010 年、31-67 頁。

2) その最終的な消費市場は中国であった。16 世紀初頭、中国における銀価格はヨーロッパの 2 倍に達していた。中国の銀価格が国際価格にまで下落する 1640 年代までに、何千トンもの銀が世界中を経由して中国に流入したとされる。前掲訳書、48-58 頁。

3) Rossana Barragán R. and Paula C. Zagalsky, "Introduction : The Age of Silver", Rossana Barragán R. and Paula C. Zagalsky (eds.), *Potosí in the Global Silver Age (16th-19th Centuries)*, Leiden : Brill, 2023, p. 3.

4) スペイン領アメリカにおける巡察（visita）とは、スペイン王室が問題解決を

96　第Ⅱ部　アメリカ

　　目的として不定期に行った調査・査察を指す。その内容・性質は多岐にわたり、
　　課税のための先住民村落の人口調査も、争いごとや不正是正を目的とした調査
　　も、いずれも巡察と呼ばれる。巡察が単一の機関や地域を調査対象としたのに
　　対し、総巡察（visita general）はより大きな重要性を持っていた。即ちその調査
　　対象は副王領の全体に及び、調査に特定の期限は設けられなかった。総巡察官
　　は、証人喚問や苦情聴取、罷免の言いわたしやインディアス諮問会議（Consejo
　　de Indias）へ秘密裏に報告を行う権限を有した。ただし、史料の上では巡察と
　　総巡察及びその担当官の呼称は厳密に区別されていないことが多いため、本章
　　でも基本的に両者を区別せずに用いている。

5）　象徴的な事実として、1670 年代以降、銀の総生産量においてペルー副王領は
　　メキシコ副王領を下回り、以降その関係が逆転することはなかった。John J.
　　TePaske, *A New World of Gold and Silver*, Leiden : Brill, 2010, pp. 112-113.

6）　Antonio Domínguez Ortiz, "La falsificación de moneda de plata peruana a
　　mediados del siglo XVII", *Estudios Americanistas*, Madrid : Real Academia de la
　　Historia, 1998[1963], pp. 149-166.

7）　Guillermo Lohmann Villena, "La memorable crisis monetaria de mediados del
　　siglo XVII y sus repercusiones en el virreinato del Perú", *Anuario de estudios
　　americanos*, No. 33, 1976, pp. 579-639.

8）　Kris Lane, "Money Talks : Confessions of a disgraced cosmopolitan coin of the
　　1640s", Felicia Gottmann (ed.), *Commercial Cosmopolitanism? Cross-Cultural
　　Objects, Spaces, and Institutions in the Early Modern World*, Abingdon : Routledge,
　　2021, pp. 72-91 ; "The Hangover : Global consequences of the Great Potosí Mint
　　Fraud, c. 1650-1675", *Potosí in the Global Silver Age*, pp. 388-424.

9）　Carmen Sanz Ayán, *Los banqueros y la crisis de la Monarquía Hispánica de 1640*,
　　Madrid : Marcial Pons, 2013, pp. 73-90 特に pp. 81-83.

10）　Daniel Oropeza Alba, *La falsificación de la moneda en la Villa Imperial de Potosí
　　en el siglo XVII*, Potosí : Casa Nacional de Moneda, 2013.

11）　両著者の年代誤記は以下の箇所に見受けられる。Sanz Ayán, *op. cit.*, pp. 81, 83 ;
　　Oropeza Alba, *op. cit.*, pp. 124-125.

12）　ネスタレスが総巡察の過程で作成した記録は、大部分がセビーリャのインデ
　　ィアス総文書館（Archivo General de Indias（以降 AGI））に保管されている。具
　　体的には、「ポトシの巡察」関連書類を納めた 2 つの束（legajo）（AGI,
　　Audiencia de Charcas（以降 Charcas），legajos 113, 114）に加え、不正関係者への
　　審問関連書類の束が 6 点存在する（AGI, Escribanía de Cámara（以降 Escribanía），
　　legajos 863, 865, 869, 870, 871, 872）。これらの束はさらに ABC……といった具合
　　に分類され、それぞれが数百フォリオの分量を持つ。また、ネスタレスの総巡

第 3 章　ポトシの不正鋳造と総巡察の分析　*97*

察の開始直前に逮捕され、最終的にネスタレスによって処刑された検査官フェ
リペ・ラミレス・デ・アレリャーノに関する審問書類は、完全なものがスペイ
ン国立歴史文書館（Archivo Histórico Nacional（以降 AHN), Consejos 20372,
exp. 1, pieza 36) に、その一部がインディアス総文書館（AGI, Charcas, legajo
687) に保管されている。これらに加え、ペルー副王書簡（AGI, Audiencia de
Lima（以降 Lima), legajos 53-61) や、ペ ル ー 副 王 の 弾 劾 裁 判 記 録（AGI,
Escribanía, legajo 533A)、ポトシのミタ制度に関するセクション（AGI, Charcas,
legajos 266, 267) にも総巡察に関わる史料がある。また、スクレのボリビア国立
文書館図書館（Archivo y Biblioteca Nacionales de Bolivia（以降 ABNB)) には新
旧の鋳造銀の扱いをめぐる記録（Minas 135/3) が、ポトシの鋳造局歴史文書館
（Archivo Histórico de Potosí-Casa Nacional de la Moneda) には主に公証人文書
のセクション（Escrituras Notariales) に総巡察と関連する記録が散在している。

13)　Kris Lane, "Corrupción y dominación colonial : El gran fraude a la Casa de la
Moneda de Potosí en 1649", *Boletín del Instituto de Historia Argentina y Americana
"Doctor. Emilio Ravignani"*, No. 43, 2015, pp. 94-130 ; "From Corrupt to Criminal :
Reflection on the Great Potosí Mint Fraud of 1649", Christoph Rosenmüller (ed.),
Corruption in the Iberian Empires : Greed, Custom, and Colonial Networks,
Albuquerque : University of New Mexico Press, 2017, pp. 33-61.

14)　アウディエンシアはスペイン領アメリカ植民地を構成する行政区分の 1 つ。
本章が対象とする 17 世紀当時、南米植民地はペルー副王領（virreinato del
Perú）という大きな行政区をなしていた。その下位区分として、およそ現在の
ボリビア、アルゼンチン、パラグアイに該当する地域を管轄したのがチャルカ
ス・アウディエンシアである。本アウディエンシアの管轄域をチャルカス地方、
あるいはアルト・ペルーと呼ぶ。アウディエンシア議長は、オイドール（oidor）
と呼ばれるメンバーと協議して管轄地域を統治した。副王領を構成する個々の
アウディエンシアの下には、さらにコレヒミエント（corregimiento）と呼ばれ
る行政区が設定され、長であるコレヒドール（corregidor）が、コレヒミエント
を構成する町村の会議体であるカビルド（cabildo）と協議して統治を行った。
ポトシはチャルカス・アウディエンシア管轄下のコレヒミエントの 1 つであっ
た。ペルー副王領の長として、スペイン王の全権を委任されていたのがペルー
副王（virrey del Perú）である。副王は基本的にリマに常駐し、リマ・アウディ
エンシアと協議して統治を行った。

15)　Masaki Sato, "Local Links behind a Global Scandal : The Audiencia de Charcas
and the Great Mint Fraud, ca. 1650", *Potosí in the Global Silver Age*, pp. 359-387.

16)　James Almeida, "The Market of Small Freedoms : Labor Negotiation in
Seventeenth Century Potosí", *Potosí in the Global Silver Age*, pp. 210-242.

98 第Ⅱ部 アメリカ

17） Arnaldo J. Cunietti-Ferrando, *Historia de la Real Casa de Potosí durante la dominación hispánica, 1573-1652*, Buenos Aires : Imprenta Pellegrini, 1995, pp. 147-153. 本章第4節で詳述するが、ネスタレスが巡察開始後最初に鋳造させた銀貨の品質が僅かに6グラーノ（grano）の銀を欠いていたこと、その解決のために最終的にコボス税が廃止された事実は、すでにクニエッティが記している。重量単位グラーノについては注58）を，コボス税については注70）を参照。

18） その規模については議論があるものの、ポトシが先スペイン期にすでに居住され開発されていたことは確実視されている。Thérèse Bouysse-Cassagne, "Potosí Revisited : Toward a Pre-Hispanic Potosí", *Potosí in the Global Silver Age*, pp. 51-105.

19） Kris Lane, *Potosí : The Silver City that Changed the World*, Oakland : California University Press, 2019, p. 37.

20） Paula C. Zagalsky, "La mita de Potosí : Una imposición colonial invariable en un contexto múltiples transformaciones (Siglos XVI-XVII ; Charcas, Virreinato del Perú)", *Chungara, Revista de Antropología Chilena*, Vol. 46, No. 3, 2014, pp. 375-395.

21） Paula C. Zagalsky, "Traspasando dicotomías. Algunas reflexiones en torno al mundo del trabajo minero en Potosí (siglos XVI-XVII)", *Diálogo Andino*, No. 69, 2022, pp. 113-121.

22） 「2つの共和国」とは、アメリカ植民地においてスペイン人と先住民は交わらず別々の社会生活を営むべし、とする理念のこと。ただし現実には、植民地当局の意図にもかかわらず民族間の交流・混淆は進んでいった。

23） 本段落の記述は、パウラ・サガルスキーの論考に基づいている。Paula C. Zagalsky, "Lords of Mines and Mills during the First Great Silver Boom of Potosí (1569-1610)", *Potosí in the Global Silver Age*, pp. 276-313.

24） カビルドについては注14）を参照。

25） 王庫は副王領内の重要都市に設置され、それぞれの管轄の収支を監督した。個々の王庫の記録と余剰金は、リマ王庫経由で定期的にスペイン本国へと送付された。チャルカス地方の場合、ラパスなどの政治的に重要な都市や、鉱物資源の豊富なポトシ、オルロ、カランガスなどに王庫が設置された。中でもポトシ王庫の存在は重要であった。ペルー副王領の収入の大部分はこの王庫からの送金が占めていたからである。

26） 鋳造局の職種について、最も重要だったのは収支を管理する財務官（tesorero）と、銀の品質を検査する検査官である。鋳造局長（alcalde）は、鋳造局内部における司法の長であり、裁判権を持っていた。この他に、銀の漂白担当者（blanquecedor）、銀片の切断担当者（tallador）、検査官の確認が済んだ銀片への

第3章　ポトシの不正鋳造と総巡察の分析　*99*

刻印係（marcador）、硬貨鋳造係（acuñador）、その硬貨の重量を計測する計測官（balanzario）、守衛人（guarda）、監視官（veedor）、黒人労働者らを監督する現場監督（capataz）、そして専属の公証人が勤務していた。インディアス法集成は、鋳造局に勤務するべき職種をリスト化している。*Recopilación de leyes de los reynos de las Indias,* Madrid : Julian Paredes, 1681, lib. 4, tít. 23, ley 14.

27）　Peter Bakewell, *Silver and Entrepreneurship in the Seventeenth Century Potosí ; The Life and Times of Antonio López de Quiroga,* 2nd ed., Dallas : Southern Methodist University Press, 1995 [1988], pp. 22-23.

28）　José de Acosta, *Historia natural y moral de las Indias,* Sevilla : Casa de Juan de León, 1590, lib. 4, cap. 7（ホセ・デ・アコスタ（増田義郎訳注）『新大陸自然文化史』全二巻、大航海時代叢書　第 I 期、岩波書店、1978 年）。

29）　銀商人は融通した資金・資材のカタとして鉱石や粗銀を回収した。そのためか、史料上では銀商人は〔銀の〕請け戻し人（rescatador）あるいは〔物資〕調達者（aviador）とも呼ばれる。Frédérique Langue y Carmen Salazar-Soler, *Diccionario de términos mineros para la América española (siglos XVI-XIX),* Paris : Editions Recherche sur les Civilizations, 1993, pp. 43, 532.

30）　". . . el tesorero Bartolomé Hernández ha labrado de moneda de 96 mil marcos sin escribirse en los libros ni pagar señoreaje de ellos y lo sabe este testigo declarante porque a él le ha tocado quince mil marcos de repartimiento para labrarlos en su hornaza de capataz. . ." Testimonio por el capataz Francisco Maldonado (30 dic 1648), AGI, Escribanía, legajo 871D, unidad 2, pieza 1, f. 57. marco は銀の重量単位の 1 つで、およそ 230 グラムに相当する。

31）　Clara López Beltrán, *Estructura económica de una sociedad colonial : Charcas en el siglo XVII,* La Paz : CERES, 1988 ; Margarita Suárez, "De azogues, deudas y avíos : minería y crédito en Potosí, 1600-50", Rafael Varón y Javier Flores Espinoza (dirs.), *El Hombre de los Andes : Homenaje a Franklin Pease G.Y.,* Tomo II, Lima : IFEA, Fondo Editorial PUCP, 2002, pp. 973-985. 1630 年代以降もスペイン王室による水銀分配は続いたが、その規模は小さくなった。

32）　総巡察で裁かれたフランシスコ・ゴメス・デ・ラ・ロチャ、バルトロメ・エルナンデス、ルイス・デ・レデスマ・イ・ビラ、ミゲル・デ・カサノバといった銀商人たちは皆このような経歴の持ち主である。

33）　"Confirmación de oficio : Bartolomé Hernández" AGI, Charcas, legajo 69, N. 32.

34）　Oropeza Alba, *op. cit.,* p. 116.

35）　Bakewell, *op. cit.,* p. 40, n. 94.

36）　Del Rey a Francisco Gómez de la Rocha (12 abr 1645) AGI, Charcas, legajo 416, lib. IV, fs. 20v-21r.

100 第Ⅱ部　アメリカ

37)　Alan K. Craig, *Spanish Colonial Silver Coins in the Florida Collection*, Gainesville : Florida Heritage Publication, 2000, p. 27.

38)　当該時期の献金政策がスペイン王室にとって諸刃の剣であった点については別所で論じた。佐藤正樹「フェリペ四世期ペルー副王領における献金―その実態と影響について―」『史学雑誌』126、1、2017 年、1-35 頁。

39)　". . .habrá tiempo de cinco o seis años poco más o menos que [. . .] ganaban en cada partida que labraban en la dicha casa de la moneda quinientos o seiscientos pesos [. . .] y que por ser la ganancia tan corta estaban muy pobres y al cabo de poco tiempo que sería 2 o 3 años que faltó este declarante desta Villa por haberse ido al Tucumán cuando volvió halló que las tales personas estaba [sic] muy poderosas [. . .] por lo cual y ser público y notorio tiene por cierto el declarante que los susodichos labraban moneda falsa por ser toda cobre y con muy poca plata pues por la que corría se experimentaba y vi a la falsedad della. . ." Testimonio por Juan García Cacho de Santillana (18 dic 1648) AGI, Escribanía, legajo 871D, unidad 2, pieza 1, fs. 53v-54. 史料の下線は原文ママ。

40)　最も早い例として、オルティスは 1638 年 5 月にセビーリャで起きた訴訟を紹介している。Ortiz, *op. cit.*, pp. 151-152. この訴訟では、当時リマ王庫の会計官を務めていたフアン・フェルミン・デ・イスが、取引で支払いに利用したペルー銀の低品質を理由に訴えられている。

41)　Cunietti-Ferrando, *op. cit.*, p. 122.

42)　*Ibid.*, pp. 122-126.

43)　Lohmann, *op. cit.*, p. 594, n. 35.

44)　フランスは 1646 年から改悪銀の輸入・流通を禁じた。またジェノヴァでは積荷がペルーからの銀とわかるや陸揚げが許されず、箱ごと海に捨てられる、という事態が報告されている。Sanz Ayán, *op. cit.*, p. 80 ; "Carta de Carlo Doria Carretto, príncipe de Avella, a Felipe IV, rey de España, sobre la mala calidad de la moneda del Perú y las explicaciones que le solicitó la República de Génova" Archivo General de Simancas, Estado, legajo 3604, 93.

45)　その任務の困難さゆえか、巡察官の人選は難航した。史料から明らかなのは、1645 年 10 月から 1647 年 5 月にかけて、インディアス諮問会議の人事部門（Cámara de Indias）が巡察任務を候補者に打診しては辞退され続けていたことである。AGI, Charcas, legajo 3.

46)　AGI, Charcas, legajo 416, lib. IV, fs. 59v-82v.

47)　ラミレスによれば、不正の真犯人は銀商人フランシスコ・ゴメス・デ・ラ・ロチャであり、彼の仲間である同業者たち、特にフアン・イダルゴであった。ラミレスの友人たちは、ロチャとその仲間が、不正に協力したがらない検査官

第 3 章　ポトシの不正鋳造と総巡察の分析　*101*

を脅迫していたとも証言している。ラミレスの主張については以下の審問記録
を参照のこと。AHN, Consejos 20372, exp. 1, pieza 36 ; AGI, Charcas, legajo 687.

48）　ネスタレスは、賠償金の支払いと引き換えに、銀商人らの職務復帰も検討し
ていた。しかし賠償金の支払いは順調には進まなかった。特にフランシスコ・
ゴメス・デ・ラ・ロチャは、賠償金の支払いに行き詰まった後、1649 年の末頃、
ネスタレスの毒殺を試みている。この事件を機に、黒い噂はあれども街の名士
であったロチャと、ネスタレスの間に保たれていた政治的敬意は失われたもの
と思われる。AGI, Lima, legajo 54, N. 10, lib. III, fs. 41r-47v ; Bakewell, *op. cit.*, pp.
41-42, n. 98.

49）　ロチャに関する史料は極端に少ないが、以下の史料は、ロチャの処刑とその
前後の様子について詳細な記述を含む。"Acordada del Cabildo al Sr. Canónigo"
AGI, Charcas, legajo 114.

50）　具体的にはポトシのコレヒドールであったフアン・ベラルデ・トレビーニョ
と、ラプラタ司教座の聖堂参事会員であったディエゴ・トレビーニョがこれに
該当する。前者は秘密裏に、後者は大々的に巡察批判を行っていたが、ロチャ
の処刑後間もなく、共にポトシから逃亡した。

51）　処刑されたロチャの首は 1650 年 2 月 1 日に街の中央広場に晒されたが、それ
から間もない 2 月 4 日、ネスタレスは、検査官フェリペ・ラミレス・アレリャ
ーノ、銀商人ルイス・デ・レデスマ・イ・ビラ、ミゲル・ルイス、フランシス
コ・ヒメネス・デ・セルバンテス、検査官ペドロ・サンブラーノ、計測官クリ
ストバル・デ・オスーナ、鋳造局財務官代理ヘラルド・レオン、鋳造局財務官
バルトロメ・エルナンデス、銀商人ミゲル・デ・カサノバ、ディエゴ・フェル
ナン・ロドリゲス、現場監督ファビアン・サンチェス・ロメーロ、フアン・バ
プティスタ・ロドリゲス、銀商人フアン・イダルゴ・ベニテス、溶解助手
（ayudante de fundición）クリストバル・アリアス・デ・ガジェーゴスを被告と
し、「公開裁判において審問を進める」よう、検事に命じている。"... y que el
fiscal de la visita siga su causa en juicio abierto contra cada uno de los
susodichos..." AGI, Escribanía, legajo 871D, unidad 2, pieza 1, f. 3v.

52）　"Fee de muerte" AGI, Contaduría, legajo 1780B, N. 5, R. 4.

53）　1 partida は銀塊 27 個分に相当する。また銀塊 1 個辺りの重量について、クレ
イグはおよそ 30 ポンド、マレー・ファントムは 34 から 41 キログラムと記して
いる。Craig, *op. cit.*, p. 41 ; Glenn Stephen Murray Fantom, *Guía de las cantidades
acuñadas : Cecas de Potosí y Lima,* Segovia : Asociación Amigos de la Casa de la
Moneda de Segovia, 2016, p. 86.

54）　Carta de Nestares a Salvatierra (28 abr 1649), AGI, Lima, legajo 54, N. 22-4. この
新ルールは、ポトシの市民で銀について経験の豊富なフランシスコ・アルバレ

102 第Ⅱ部 アメリカ

ス・レイェロという人物の献策が元になっている。本史料において、ネスタレスは自身の注釈を加えながら、副王サルバティエラに個々の方針について報告している。

55) "Lo segundo que mediante el nombramiento destos tres fieles y excluir a los mercaderes de la labor de la moneda, no tendrán azogueros quien los avie ni socorra en sus necesidades supliendo les la plata que han menester. . ." AGI, Lima, legajo 54, N. 22-4, f. 9r.

56) ". . . y conviene mucho suplicar a Su Señoría se sirva de mandar disponer que haya reales bastantes para el avío de labores del cerro y beneficio de los ingenios que se hacen todos los domingos sin poderlo excusar porque de no haberlos como no los ha habido en estos tres o cuatro domingos pasados resultan gravísimos daños la grosedad de los labores y beneficios. . ." AGI, Lima, legajo 54, N. 22-4, f. 10r.

57) Carta de Salvatierra al Rey (5 nov 1649), AGI, Lima, legajo 54, N. 22-2. 本段落の記述はこの史料に基づく。

58) ディネーロ (dinero)、グラーノ (grano) はマルコ (marco) 同様に重量の単位であり、相関関係は次の通りである。1 marco = 12 dineros、1 dinero = 24 granos.

59) AGI, Lima, legajo 54, N. 22-1, fs. 9v-11r.

60) ". . .desde que bajo la capitana del puerto de Arica a el de el Callao con la plata de Su Mag. y de particulares ha habido continuas quejas que han llegado a oídos de Su Exa. por toda suerte de personas de que la moneda nueva que ha bajado ahora tiene el mismo achaque y está muy falta en peso y ley con notable sentimiento y desconsuelo del comercio. . ." AGI, Lima, legajo 54, N. 22-1, f. 17v.

61) ". . . Don Francisco de Nestares Marín presidente de la Real Audiencia de la Plata . . . ha de poner último remedio a este daño y dar entero cumplimiento a dicha real cédula. . ." AGI, Lima, legajo 54, N. 22-1, f. 18v.

62) Carta del Rey a Nestares (17 abr 1651), ABNB, Minas 135/3, fs. 1r-2v.

63) ネスタレスはリマの副王とマドリードの王に向けて、それぞれ1650年2月28日、3月2日に同趣旨の応答文書を送っている。本段落以降の記述は両史料に基づく。AGI, Lima, legajo 54, N. 22 ; Charcas, legajo 113.

64) Carta de Salvatierra al Rey (30 jul 1653), AGI, Lima, legajo 57, N. 20, lib. 6.

65) ". . . muchas veces habrá V.M. oído decir que gobernar desde Lima a Potosí es lo mismo que desde Toledo pues en nada más se acomoda este adagio que en la presente materia. . ." Carta de Nestares al Rey (2 mar 1650), AGI, Charcas, legajo 113.

第3章 ポトシの不正鋳造と総巡察の分析　*103*

66）　"... naturalmente en primer lugar se debe el gozo y comodidad de su trabajo al
principal causador y autor de la plata que son los azogueros y mineros y soldados
de esta Villa y provincia..." Auto por Nestares (9 oct 1649), AGI, Lima, legajo 54,
N. 22-2. なお、本史料中に現れる soldados とは「兵士」ではなく、自前の製錬
所を持たない鉱山業者を意味する。Langue y Salazar-Soler, *op. cit.*, p. 555.

67）　Carta de Nestares al Rey (26 abr 1651), AGI, Charcas, legajo 113. この時点では、
暫定措置としてではあるが、6 グラーノを欠いた状態で銀が鋳造され続けてい
た。

68）　1 マルコの鋳造につき、スペインの鋳造局役人は 21 マラベディを得ていたが、
ポトシの役人は 68 マラベディを得ていた。*Ibid.*

69）　この 14 レアルは、鉱山での第一審を担当する役職である alcalde de mina と、
ミタなどの鉱山内労働を監督する veedor de cerro の給与に充てられた。*Ibid.* ;
Langue y Salazar-Soler, *op. cit.*, pp. 13-14.

70）　コボスとは、1559 年からポトシに導入された鋳造手数料の一種で、王庫で銀
塊を加工する際に、五分の一税とともに徴収された。17 世紀半ばの税率は 1.5%
であった。ただし、ネスタレス自身は同税がポトシに導入されたのは 1578 年の
こととしている。ABNB, Minas 135/3, f. 23r.

71）　スペイン王室が銀の含有率維持にこだわったことは、国内通貨であるベリョ
ン貨（vellón）がこの時期に含有率の改悪を繰り返していた事実と対照的である。

72）　この 14 レアルの課税については注 69）を参照。

73）　"...y aquí es donde yo cargo tanto el discurso de que es injusticia de que la
moneda la abone V.M. a su costa no cabiendo en su materia y gastos de ella la
perfección de la ley que se le manda dar..." Carta de Nestares al Rey (15 jun 1652),
ABNB, Minas 135/3, f. 40r.

74）　"...el tercero que con esto se asegura la labor justa y perpetua de la moneda
porque tendrían los azogueros mineros y mercaderes una ganancia proporcionada
a sus tratos con que entretenidos modestamente no se arrojarían a exceder ni a
delinquir en la dicha labor..." *Ibid.*, f. 40v.

75）　例えば以下のような発言を参照されたい。"... que el mercader de plata les
dice que no quiere labrar sino le hacen cortesía y buen pasaje esto es sino le
permiten falta en la ley y falta en el peso y así se ve enforzados a hacerlo para vivir
y comer de sus oficios (soborno forzoso e inexcusable y más en este lugar el más
caro de todo el orbe)..." Carta de Nestares al Rey (30 oct1 649), AGI, Charcas,
legajo 113.

76）　"... este suplemento de ley <u>se haya de hacer de su real hacienda y parece que</u>
<u>será justicia</u> se haga de alguna de las imposiciones nuevas que se han introducido y

104 第Ⅱ部　ア　メ　リ　カ

echado a la pasta que son las barras en estas reales cajas y entre las que hay una es
el uno y medio por ciento de Cobos ; y este es un derecho que se hecho año de
1578 para el secretario Cobos. . ." Carta de Nestares al Rey (15 jun 1652), ABNB,
Minas 135/3, f. 41r. 下線強調は原文ママ。

77)　". . . Su Excelencia mandó traer una carta escripta a Su Excelencia por Francisco
de Nestares Marín su fecha en Potosí junio 30 recivida en el chasque ordinario que
llegó ayer 26 del corriente en que insiste no poderse labrar moneda nueva de todo
ajustamiento en su peso y ley como Su Magestad manda no huseandose efectos de
que suplir enteramente los 6 granos que pierde en los labradores porque con los
efectos y medios que hasta el dicho día 30 de junio se le han concedido solo se
pueden suplir los 4 granos y que restan los dos los cuales no sacándose y
supliéndose del uno y medio que llaman de Cobos dice ser imposble suplirse de
otro ninguna parte ni labrar dicha moneda en perjuicio universal del comercio
impedimento necesario al consumo de la moneda antigua que tanto se desea y
importa y que importara este suplimiento 20 mil pesos en cada un año. . ." Real
Acuerdo en Lima (27 jul 1652), AGI, Escribanía, legajo 533A, fs. 234r-234v. 下線強
調は原文ママ。

78)　*Ibid.*, fs. 233r-235r. このリマでの決定は他史料では 7 月 30 日の出来事として言
及されることも多い。

79)　Auto de Nestares (15 ago 1652), AGI, Lima, legajo 57, N. 6A, f. 15r.

80)　ただし、ネスタレスの改革の成否はこれらの点に求めるべきではないだろう。
総巡察の目的は不正関係者の処罰と銀の品質回復にあったからだ。

81)　López Beltrán, *op. cit.*, p. 93.

第4章

ペドロ・デ・バレンシアの『インディアス報告』
(1607-1613年)

三潴みづほ

は じ め に

『インディアス報告 (Relaciones de Indias)』(1607-1613年) の著者ペドロ・デ・バレンシア (1555-1620年) は、サラマンカ学派の1人として知られる人文主義者、献策家である。カスティーリャ及びインディアスの修史官 (Cronista Oficial de Indias) としてマドリードで活動する以前は、人生の多くをエストレマドゥーラ地方のサフラで過ごした。人生を通して国家の諸問題について多くの献策活動を行っている。ペドロ・デ・バレンシアの著作は、18世紀の啓蒙期スペインにおいて一時的に注目されることもあったが、以後20世紀初頭までまとまった研究がなされなかった。長い間多くの著作が未刊行で放置されていた。歴史家に注目されたのは、19世紀におけるスペインの再生をめぐる論争によってであった。黄金時代スペインへの回帰を主張した伝統主義者 (スペイン主義者) と、自国の伝統を否定してひたすらヨーロッパの先進諸国の模範に倣おうとする進歩主義者 (ヨーロッパ追随主義者) が「スペインで育まれた学問はあるのか否か」を議論しており、メネンデス・ペラーヨら伝統主義者の熱意によって発掘されたスペインの学者のうちの1人がペドロ・デ・バレンシアだったのである[1]。ペドロは黄金時代スペインにおいて、種々の法制度、宗教問題、さらに物価と相場、農業、女性労働、貧民問題など、多方面の分野にわたる著述を残した知識人として注目さ

106 第Ⅱ部 アメリカ

れた。

1990年代にペドロ・デ・バレンシアの全集編纂を行ったレオン大学が、先に述べた『インディアス報告』も彼の重要な作品として翻刻し刊行している[2]。この『インディアス報告』は「名著」と評価されたものの、以後まとまった研究は行われていない。また、アントニオ・デ・エレーラら他の同時代の著述家に比べ、ペドロ・デ・バレンシアはインディアスとの関わりで語られることは少ない。行政文書という性格上、ペドロ・デ・バレンシアの思想を読みとる史料にならないと考えられ、読まれてこなかったことが考えられる。また、17世紀以降の多くのインディアス報告書は「インディアス地理報告（*Relaciones geográficas de Indias*）」（1578-1586, 1588年）に有用性において及ばないとの評判があり、それが17世紀の地理報告書への関心を削いだということもあり得る[3]。

本章では、ペドロ・デ・バレンシアの残した著作の中では研究対象から外れてきた感のある『インディアス報告』を、この近世スペインの多才な知識人の残した史料として注目し、分析と再評価の可能性を探りたい。なお、大著である『インディアス報告』の全編を対象とするのは紙幅の関係で難しいため、本章では、全体の3分の2を占めるヌエバ・グラナダ（現在のコロンビア中央部分）とペルー副王領の部分を主たる対象とする。

1　サフラの人文主義者

ペドロ・デ・バレンシアは、1555年にスペイン南西部エストレマドゥーラ地方の都市サフラに生まれる[4]。父メルチョール・デ・バレンシアは、エストレマドゥーラ南部の領主フェリア伯に奉公していた。ペドロは少年の頃よりラテン語を学び、1568年には家族でコルドバに引っ越してイエズス会の学校で自由七科を学んだ。ペドロは神学に傾倒しかけていたが、両親は法学を学ばせるため彼をサラマンカ大学に送った。1573年にコルドバで父が死去したため、サラマンカで勉強中のペドロはやむなく母とともに故郷のサ

第 4 章　ペドロ・デ・バレンシアの『インディアス報告』1607-1613 年）　*107*

図 1　ペドロ・デ・バレンシアの肖像画
（Serrano y Sanz, M., *Pedro de Valencia
Estudio biográfico-crítico,* Badajoz, 1910.）

フラへ戻る。再びサラマンカ大学に学士号をとるために復帰したが、結局、学士になることはできなかった[5]。サラマンカから故郷のサフラに戻った 30 代の頃から、法関係の実務やラテン語教師などをしつつ執筆活動に励む。

　この頃、同じエストレマドゥーラ地方出身でフェリーペ 2 世の礼拝堂付司祭となっていたベニート・アリアス・モンターノの多国語訳聖書を入手し感銘を受け、1578 年に直接知り合うことになる。以後、アリアス・モンターノに師事して、アリストテレスの注釈や聖書釈義の研究を行った。高名な人文主義者であるアリアス・モンターノとの出会いは、ペドロの思想形成に大きな影響を与えた。

　ペドロはサフラに居住しながらも各地の知識人と交流があり、中にはエル・エスコリアル図書館の司書ホセ・デ・シグエンサもいた。1587 年にはペドロとイネス・デ・バリェステレオスという女性が結婚、5 〜 7 人の子供をもうけたとされる。引き続きサフラに住み、聖書学や古典の研究に専念していた。彼の存命中に出版された唯一の著書は、トゥキディデスの『歴史』、

108 第II部 アメリカ

テオフラストスの『火について』、リュシアスの『弁論集』など古代ギリシアの学問を教育目的で紹介した『アカデミカ (*Academica*)』（1596 年）である[6]。

2 献策活動

16 世紀末から 17 世紀初頭は、スペインの諸問題をめぐって献策をする者が多数にのぼった。そうして提出された献策書が政治中枢の目に留まるという保証はなかったが、ペドロ・デ・バレンシアもその生涯を通して献策活動を続けた[7]。彼が著した献策書は、多くが友人知人などの伝を頼って政府要人に提出されている。献策の中では『怠惰に関する論考 (*Discurso sobre la ociosidad*)』や『パンの価格に関する論考 (*Discurso sobre el precio del pan*)』が知られている。社会と労働の関係に関心があり、スペインにおける労働忌避の風潮を嘆き、勤労と個々人の自発性の欠如を非難して人々に働くよう促した。農作物の価格についても、「市場の状況ではなく投入された労働力によって決定すべきである」と考えた。農業関連の献策書も書いており、重商主義の時代において、富の主要な源泉として農業の方を選んだ重農主義の先駆として評価されている。スペイン、特にカスティーリャ王国の人々の間に財政難や人口減少への危機感からくる「衰退 (decadencia)」の意識が広まっていた 1604 年には、ペドロとその家族は前出の友人ホセ・デ・シグエンサにも心配されるほど困窮しており、本人もその窮状を訴えている。生活上の実体験から物価についても危惧し、1605 年には、パンの価格や、王室収入を増加させる目的で鋳造された銅貨のベリョン貨についての献策書を著した。また、彼は宗教的マイノリティーについての献策書も著している。1606 年にはイスラーム教からキリスト教への改宗者であるモリスコについての献策書『スペインのモリスコについて (*Acerca de los Moriscos de España*)』[8]、1607 年にはモリスコによる偽造文書を批判した『グラナダの羊皮紙文書と薄板についての論考 (*Discurso sobre el pergamino y láminas de Granada*)』[9]と、2 年間で

立て続けにモリスコ関連の著作を提出している。

3　宮廷の修史官への就任

　ペドロ・デ・バレンシアは、1607 年 5 月 4 日にインディアス修史官に、5 月 22 日にカスティーリャ王国修史官に任命された。両修史官としての年間給与 18 万 7500 マラベディを約束されて家族とともにサフラからマドリードに居を移し、フェリーペ 3 世宮廷に出仕する身となった。寵臣レルマ公の差配する宮廷で、ペドロは庇護者となるレモス伯に出会ったと思われる。レモス伯はレルマ公の娘婿で 1603 年から 1609 年までインディアス顧問会議議長であった。ペドロ・デ・バレンシアがインディアス修史官在任中の 1607 年から 1613 年の間に職務として取り組んだのが、インディアスについての現地からの報告をまとめた『インディアス報告』の作成である。当時の首席修史官は、数々の歴史書の著者として名高いアントニオ・デ・エレーラであった。また、ペドロ・デ・バレンシアは出版物の検閲も担当し、フアン・デ・トルケマーダの『インディアス君主国 (*Monarchia Indiana*)』の第 1 部、刊行には至らなかったがヘロニモ・デ・メンディエタの『インディアス教会史 (*Historia Eclesiástica Indiana*)』、インカ・ガルシラソの『インカ史 (*Historia de los Incas*)』[10]など、インディアス関連の本にも出版許可を出している。

　ペドロ自身はインディアスへ行った経験はないが、サフラ時代の彼の知己であるエルナンド・マチャードは、1589 年にインディアスの都市キトの聴訴院 (Audiencia) の記録官 (relator) に任命され、1592 年にインディアスへ渡航していた。1607 年から 1620 年まではチリのサンティアゴの聴訴院に勤務している。サフラに残ったマチャード家の家族の面倒を見ていたペドロ・デ・バレンシアとは、送金のやり取りをするなど長きにわたって交流があった。また、多くのコンキスタドールを輩出したことで知られるエストレマドゥーラ地方のサフラからは、16 世紀末頃にインディアスへの移住者が多く出ている[11]。

110 第Ⅱ部 アメリカ

　ペドロ自身の残した述懐によると、宮廷の生活は彼には過ぎたものであまり心地よくなかったが、大勢の家族のためにその生活と職務に耐えた、とのことである[12]。晩年は体調を崩しがちになり、1620年にマドリードで没している。

4　質問集と地理報告

　エストレマドゥーラ地方のカセレス出身でサラマンカ大学で学んだ聖職者であるフアン・デ・オバンドは、1569年に任務によりインディアス顧問会議を視察した[13]。インディアスを支配するには情報があまりにも不足していることに失望したオバンドは、統治の基盤とすべきインディアスの情報を収集することを提唱した。

　オバンドは1571-1575年にインディアス顧問会議議長を務め、インディアス修史官を創設した。1573年にフェリーペ2世は拡大する帝国の「全情報 (entera notiçia)」を獲得して帝都マドリードに集める計画を布告する。これがインディアスの地理報告のプロジェクトへと発展する。インディアスからマドリード宮廷への情報伝達を担った2つの機関のうちの1つは、1503年セビーリャに設立された通商院 (Casa de Contratación de las Indias) であった。カスティーリャとインディアス間の航海、人・モノの移動に関わる全事項、及び海上地図を管轄した。もう1つはインディアス顧問会議であり、1520年代初頭、マドリード宮廷内に設立された。インディアスの役人との全やり取りがここを経由し、インディアスの法廷の上訴先として、また王の決定に助言する役割も果たした。諮問機関であり、上訴の審議機関であり、そして統治の実行機関としての機能を有していた。このような状況の中でオバンドによる改革が行われ、「全情報」を目指す方針が打ち出されると、インディアス修史官の設置、インディアスにおける法の編纂、インディアスにおける役人の業務の法規化が進展することになる。

　王がインディアスの詳細な情報を得る方法として、インディアス顧問会議

第 4 章　ペドロ・デ・バレンシアの『インディアス報告』1607-1613 年)　*111*

が現地に質問集を送った上でその回答を集める形式がとられた。インディア
スに送られた 1604 年の質問集の回答をもとに報告書を編んだものがペド
ロ・デ・バレンシアの『インディアス報告』である。1604 年の質問集はイ
ンディアス顧問会議議長だったレモス伯が作成責任者であった[14]。ペドロの
記述する情報はインディアスから届いた質問集の回答に依拠しているが、質
問集の質問形式のまま「インディアス報告」を編んでいるのではなく、順序
や内容の重要性に自らの判断を加えて編集している。1604 年の質問集の質
問は合計 355 にものぼる。以下に、『インディアス報告』の刊行史料の解題
を担当したヘスス・パニアグア・ペレスの整理をもとに、質問集の概要を示
す[15]。質問に付された番号は質問集原文の順の通りである。

◇ 1-35（都市）の質問

　都市中心部 ／ 地理上の位置、歴史、都市化、都市当局 ／ 建造物、

　行政機関 ／ 供給、水、泉、水車 ／ 共有地と私有地

◇ 36-99（収入）の質問

　エンコミエンダとエンコメンデーロ ／ 納税者のインディオ ／

　都市の資産 ／ 首長 (カシーケ) の役割、召使いのインディオ、町村の土地 ／

　資源 ／ 宿屋

◇ 100-113（住民）の質問

　住民の数 ／ 白人 ／ 黒人 ／ ムラート（自由民と奴隷）／ インディオ ／

　外国人の数 ／ 居住理由、収入

◇ 114-124（人材）の質問

　知識人、技術者 ／ 商人の数、事業の質

◇ 125-168（自然）の質問

　村の地理座標的位置と自然環境の特徴 ／ 環境の良し悪し、川、潟、山、

　農作物、火山

◇ 169-192（農業）の質問

　穀物、果物、野菜生産 ／ 商品化と価格 ／ ブドウ畑、食肉 ／

112 第Ⅱ部 アメリカ

アシエンダ、家畜

◇ 193-209（製造業）の質問

砂糖製造所 ／ ヤギのなめし革製造 ／ 石鹸製造所 ／ 織物製造所

◇ 210-229（海事）の質問

港と漁業 ／ 風、気流 ／ 商取引、税関 ／ 造船所、大型船の修理

◇ 230-247（海軍）の質問

王の艦隊の軍艦 ／ 大砲、防御（船首と砦） ／ 防護とその強さ

◇ 248-264（辺境紛争）の質問

辺境の防衛 ／ 守備隊、兵士とその数、武器、給与

◇ 265-272（あらたな発見）の質問

あらたに発見したものとその収益性

◇ 273-304（鉱山）の質問

鉱山、岩塩坑、その距離と開発 ／ 設備、当局、鉱山の受益者 ／
給与、王室財政への収入

◇ 305-321（宗教）の質問

聖堂、教区教会、礼拝堂付き司祭の禄、施療院（人種別の施療院、
ベッドの数）、収入 ／ 大聖堂（設計、司教座聖堂参事会員の禄、歌い手、
礼拝堂付司祭の禄、収入）

◇ 322-335（修道院）の質問

修道院とその収入額、修道士

◇ 336-343（教育）の質問

大学、神学校、収入、教授団、礼拝堂

◇ 344-355（布教伝道）の質問

インディオへの伝道、その割り当て、
各宣教師が担当するインディオの数

ペドロ・デ・バレンシアの「インディアス報告」は、17 世紀に行われた 3
回の質問調査のうち 1604 年の調査に答えた回答を集めたものである。イン

ディアス現地の役人たちによる回答には、精度が一定しないものや、本国の読み手にとってわかりにくい表現が含まれることが多々あったためか、ペドロのような報告書作成者が質問や回答の文言を変えたり内容を編集し直すことに、特に制限はなかったようである。

5 『インディアス報告』の内容構成

ヌエバ・グラナダとペルー副王領についての『インディアス報告』に出てくる全地域と各地の記述順は以下の通りである。管区は、聴訴院の管轄を表している。

ロス・キホス（キト管区）

パナマ（パナマ管区）

ポルトベロ（パナマ管区）

トゥンハ（ヌエバ・グラナダ）

ヌエストラ・セニョーラ・デ・レイバ（トゥンハに所属、ヌエバ・グラナダ）

ビリャール・ドン・パルド（リオバンバ（キト管区））

ビリャール・ドン・パルドの村々（アンバトとその周辺（キト管区））

グアヤキル（キト管区）

ポルトビエホ（キト管区）

ハエン・デ・ブラカモーロス（キト管区）

サン・レアンドロ・デ・ハエン、バエサ、グアヤキル（キト管区）

サンティアゴ・デ・ラ・フロンテラ・デ・トミーナ（ラ・プラタ管区）

ペルー副王領が中心であり、そこにヌエバ・グラナダの地域が加えられているという印象である。キト管区の地が多く、この管区の各地の重要性がうかがえる。1592年には多くのエストレマドゥーラの人々、特にサフラ出身者がパナマとペルーに向けて出航し、エルナンド・マチャード含むサフラ出

図2　16、17世紀インディアスの教会管区（Falcon Ramirez, J. *Clases, estamentos y razas,* Madrid, 1988.）

身者は1589年に創設されたばかりのキト管区へ移住している。ペドロ・デ・バレンシアの『インディアス報告』もパナマ、ペルー、及びキト周辺の情報が多くを占めている。マチャードはもちろん、同郷の人々とペドロ・デ・バレンシアの情報のやり取りがあった可能性が考えられる。南米の東の辺境や、本国に大洋間交易の拠点として重要視されているポルトベロ、パナマ、グアヤキル、ポルトビエホについても詳述されている。各地の記述順の理由については、パナマやキトの質問集への回答が早く届いた、ということ

以外に特に説明はない。

『インディアス報告』における各地報告の項目構成は以下の通りである。対象となる地域の規模の大小や、回答として得た情報量の差は見受けられるが、以下の項目形式はすべての地域の記述においてほぼ共通している。

第1部　自然

　地名 ／ 地理的位置 ／ 気候 ／ 土地の肥沃さ ／ 主要農作物 ／

　水利と地形（河川、水車）／ 植物（樹木や草（特に薬草))、

　動物（家畜に限らず）／ 鉱物資源

この冒頭部分は、後述するが質問集の質問順と全く異なる。冒頭にくる項目を自然関連のことにしたのは筆者であるペドロの判断と思われる。ペドロ・デ・バレンシアが冒頭に挙げたのは、質問集の125から209の範囲の質問で、ここに、鉱山と岩塩坑に関する273から296までの質問に答える情報を含めているようである。

第2部　政治を規定するもの（lo moral）

　（その地区の）創設 ／ 創設者 ／ 市参事会 ／ 建築物 ／ 公共の泉 ／ 特権 ／

　職業 ／ 住民数 ／ エンコメンデーロとそのエンコミエンダ ／ 奴隷 ／

　商業活動

質問集で冒頭1-124に当たる分野である。人口と社会に関わる事項であり、インフラ、生産製造、交易も加わっている。

第3部　軍事

　戦争 ／ 防衛 ／ あらたに発見したもの

質問集では230-272に当たる分野である。『インディアス報告』ではより

116 第Ⅱ部 アメリカ

記述が少ない部分となる。

　最終部　宗教関連

　質問集（305-355）と一致した順で、宗教が最後にきている。宗教施設が行
っていた施療院の役割もここに含まれる。

6　報告内容に見る各地の特徴

　以下、『インディアス報告』の内容を、各地の特徴的な部分をいくつか挙
げながら見ていく。
　冒頭に出てくるロス・キホス（キト管区）は、現在のエクアドルのアマゾ
ン地域ナポ県のあたりの山脈側面に位置しており、インディアスの中では辺
境地域である。報告内容によれば、

　　「あまりに地形の起伏が激しく険しい土地のため、山が家々にもたれか
　　かっている」[16]

状態であった。また、この地に特有の状況として、建築物についての情報が
述べられている。

　　「建材に乏しく、山地の建築作業になる。家々は、スペインの掘立小屋
　　のように粘土や植物の茎で建造されている」[17]

辺境ゆえの物資不足や作業の困難による建築物の脆弱性に言及している。ま
た最後に軍事の項があり、辺境におけるインディオとの戦いが頻発している
ことを伝えているが、自然や土地の情報に比べて情報量は少ない。
　次に、報告対象となっている地域の中でも大規模な都市であるパナマ（パ

第 4 章　ペドロ・デ・バレンシアの『インディアス報告』1607-1613 年）　*117*

ナマ管区）についての記述を取り上げる。大洋間貿易の結節点としてインデ
ィアスでも指折りの要衝であるパナマは、最も栄えた港湾都市の一つであり
特殊な存在である。海上関係の分野での社会経済活動によって発展したパナ
マは、そういった港湾都市としての役割もあってか、スペイン人とインディ
オ以外の住民が増加傾向にあった。一方で、スペイン人については、800 人
いた人口が 1607 年には 495 人に減少している。

> 「聴訴院が送った報告書に含まれていた 1607 年にパナマにいたすべての
> 住民、その妻、子供、奴隷の数と名前、及び彼らの財産価値が記された
> 住民名簿は、19b の紙面から 65a の紙面に及ぶ広範囲で詳細な記録であ
> った。スペイン人住民は 495 人、つまりパナマ〔の都市人口〕の中でス
> ペイン人住民は 495 人となる」[18]

　また、当時インディアスに外国人が渡航することは合法ではないが、パナ
マには外国人が居住している。

> 「外国人住民は 53 人である。……（中略）……外国人の内訳は、ポルトガ
> ル人 31 人、イタリア人 18 人、フランドル人 2 人、フランス人 2 人とな
> る」[19]

　黒人奴隷は、男性奴隷 2558 人、女性奴隷 1138 人と報告されているた
め[20]、合計 3696 人でスペイン人や外国人の数をはるかに上回っている。
　トゥンハ（ヌエバ・グラナダ）についての報告では、エンコメンデーロにつ
いての情報量の多さが目立った。ペドロ・デ・バレンシアは各地のエンコメ
ンデーロに注意を払い、情報を整理しているが、トゥンハについては特に詳
細且つ長大なエンコメンデーロのリストを掲載している[21]。
　ヌエストラ・セニョーラ・デ・レイバ（トゥンハの下部地域、ヌエバ・グラナ
ダ）は大きく括ればトゥンハに属し、サンタ・マリア・デ・レイバとも呼ば

118 第Ⅱ部 アメリカ

れる町である。報告によれば、この地のスペイン人たちはアンデス山脈の一部のサチカと呼ばれる渓谷に居住した。ヌエストラ・セニョーラ・デ・レイバについての記述の量は他の地に比べて際立って少なく、情報量が少なかったことがうかがえる。それでもペドロによって他の地と同様の項目分けが成され、短い記述ながらも一地区の報告として整理されている。

サンティアゴ・デ・ラ・フロンテラ・デ・トミーナ（ラ・プラタ管区）は、現ボリビアのあたりに位置した都市で、報告によればトミーナと呼ばれる渓谷からその名が付いており、この渓谷の真ん中に都市があった。この地についての報告で特徴的なのは、ブドウ畑についての言及である。オリーブとブドウの栽培にはスペイン本国の農作物との競合を避けるため厳格な規制があったが、サンティアゴ・デ・ラ・フロンテラ・デ・トミーナのように特定の地域ではブドウ栽培が盛んであったようである。

「この地区には 15 のブドウ畑がある。そのうちの 7 つの畑は、4 万本のブドウの木を持つと思われる。これらのブドウの木は 4 年か 5 年の新しいものである。残りの 8 つの畑は 7 万 4000 から 8 万本のブドウの木を所有しており、植えられて 25 年のものである。ワイン用のブドウの実が実るまで 6 年から 8 年かかる。……（中略）……1000 個の壺ですべての果実を収穫することはしない。一壺は 8、9 ペソの価値がある。外部から持ち込まれたものもあるが、この地で収穫されたものはすべて地域内で消費される」[22]

ブドウについての記述の他に辺境であるがゆえの特徴も述べられている。

「この都市の家々と建物は低く、土台が石でできていて、壁は日干し煉瓦である。多くの家が、紛争地ゆえ砦と呼ばれる平屋根の屋上を有している。梁や桁があり柱は地面に立ち、柵がある。他には、長いハネガヤの藁で作られた屋根を持つ家がある」[23]

第 4 章　ペドロ・デ・バレンシアの『インディアス報告』1607-1613 年）　*119*

　この記述からは、前出のロス・キホスと同じように、辺境の戦争が絶えないこと、物資不足から建築物が比較的粗末であることがうかがえる。

　全体を通して重要な事項とされているものに、都市構造がある。スペイン本国のような碁盤目状の街並みの都市が主流であった。都市には中央広場があり、そこに教会（司教区であるパナマならば大聖堂）、市民にとって公的な施設など、都市生活に重要な建物が立ち並び、当時のスペイン本国の都市を模した都市空間が造られた。都市生活は市参事会長（alcalde）や市参事会員（regidor）によって差配されていた。市参事会（cabildo）の職務は売ることが可能であったため、経済的な有力者が都市生活を支配するのが常であった。郊外には、インディオやメスティーソの貧しい人々が住む土地があるが、一定の形式で作り込まれた都市中心部とは違った様相を見せていたことだろう。

お わ り に

　ペドロ・デ・バレンシアの『インディアス報告』の重要な先行研究者であるパニアグア・ペレスは、『インディアス報告』に通底している特徴として、自然環境の情報を重視していること、農業に関わる事項の記述量が多いこと、鉱山についての記述量が少ないこと、を挙げている。さらに、モリスコとインディオに対するペドロの見方に類似点がある可能性も指摘している。自然環境の情報を重視していることの論拠は、常にこの情報を各地の報告の冒頭に置いていることであり、このことはペドロの「自然環境を理解することをすべての情報理解の基礎とする姿勢の表れ」とみなしている。鉱山についての記述量が少ないことはペドロの鉱山開発に対する批判的な姿勢の表れであり、鉱山の項目を各地報告の記述順で最後にしていることもこの説を後押しする。ペドロが鉱山開発に批判的であることには、農業への高い関心と、モリスコと類似点があるとするインディオの労働力としての価値が関わ

120 第Ⅱ部 アメリカ

ってくる。ペドロは、献策書『スペインのモリスコについて』（1606 年）の中で「モリスコは勤労で、怠惰なスペイン人よりも農業労働者の素質がある」とし、さらに「敵意をもって反抗する可能性のある被征服者たちを安全に臣民に組み込むためには、土地から移動しないで監視できる農民にするのがよい」という主旨の意見を述べている[24]。パニアグア・ペレスによれば、ペドロはモリスコとインディオを農業労働者の素質や被征服民という点において共通する存在とみなしていた。王室が目先の収入に目がくらんで鉱山開発を重視すれば、インディオを鉱山労働で無駄に疲弊させ、本来の労働者としての価値を発揮できないまま死なせることになる。パニアグア・ペレスは、上述のような理由からペドロが鉱山開発に否定的との結論を導き出している。

　筆者が『インディアス報告』の記述を分析した限りでは、パニアグア・ペレスの指摘するこの史料に通底する諸点は概ね妥当性がある。特に、農業に役立つと思われる情報の記述量の多さは顕著である。ペドロが農業を国家の富の源泉と考えていることは明らかであり、そういった農業への関心の強さが『インディアス報告』の情報編集や記述の特徴に表れている。ただし、報告項目としての鉱山の部分の記述の少なさを「ペドロの意見を反映したもの」と結論付けるのはやや性急と思われる。確かに、鉱山の情報量は少ない上に常に報告の最後の方に回されているが、現地からの報告文書（質問集への回答文書）における鉱山についての記述量と対照しなければ確言はできない。現地報告者からの鉱山情報自体が少なかったのか、ペドロが編集して鉱山についての記述を少なくしたかは判然としない。モリスコへの見方とインディオへの見方の類似については、『スペインのモリスコについて』と『インディアス報告』の作成時期が近いことを考えても、自然な流れではある。輪番労働制（mita）で鉱山に行って苦しむよりは、大地を耕した方が彼らにとっても国家にとっても良い、と感じていたとしても不思議ではない。しかし、『インディアス報告』にはインディオを農業労働者にすることを望むような文言が出てこないため、未だ推測の域を出ない。

第 4 章　ペドロ・デ・バレンシアの『インディアス報告』1607-1613 年）　*121*

　「『インディアス報告』は政府に有用な情報を列挙しているだけに見えるが、実はよく読めば、その奥に彼の思想に基づく主張が見えてくる」というパニアグア・ペレスの見方は、埋もれていた『インディアス報告』を再び研究の俎上に載せた。『インディアス報告』という行政文書の中でも政治中枢に向けて意見を発信していたというこの見方を実証できれば、ペドロ・デ・バレンシア研究にとっても、『インディアス報告』に類する史料にとっても、あらたな視角を示すものになるだろう。実証のためには、先述のように、現地報告者からの回答文書との内容の照合、他のインディアス関連の歴史書や報告書の記述と比較した上での思想的特徴の分析、ペドロ自身の献策書の論との照らし合わせ、といった、文章内容の比較検討が必要となってくる。

　本章では、ペドロ・デ・バレンシアの『インディアス報告』のヌエバ・グラナダとペルー副王領の部分を先行研究を踏まえて分析し、この史料の価値を再検討し、このような行政文書でもペドロ・デ・バレンシアの個性が垣間見られることを確認できた。しかし、推測される諸点については未だ分析と検証を要する段階にあるため、この史料の真価が実証されるためには引き続きの研究が必要である。

　今回は、『インディアス報告』のヌエバ・エスパーニャ（メキシコ）を対象とした部分については紙幅の関係上言及できなかったが、この部分も含めてさらなる分析を行えば、より『インディアス報告』の価値が明確になるだろう。彼の人生を通しての執筆活動においても、『インディアス報告』の作成に携わったことは思想や知識の大きな糧になったと思われる。ペドロ・デ・バレンシアの残したインディアス報告関連の文書はこの他に『チリ史（*Historia de Chile*)』というものがあったことが確認されている。また『フェリーペ 3 世史（*Historia de Felipe III*)』という文書の断片も見つかっている。ペドロ・デ・バレンシア全集の編纂で中心的役割を果たしたガスパール・モロチョ・ガヨは、これらの史料にも言及しており、欠けている部分が多いため全集に掲載することはできなかったことを述懐している[25]。近世スペインを生きた知識人が精力的な執筆活動によって残した文書が、さらに我々にあ

122 第Ⅱ部 アメリカ

らたな見解を与えてくれることに期待して本章の結びとしたい。

1) Menéndez Pelayo, M. "Apuntamientos biográficos y bibliográficos de Pedro de Valencia", *Revista Histórica Latina*, 2, 1875, pp. 247-254, pp. 302-305.

2) De Valencia, P. *Relaciones de indias. 1. Nueva Granada y Virreinato de Perú*, Obras completas. Vol. V, León : Universidad de León, 1993 ; De Valencia, P. *Relaciones de indias. 2. México*, Obras completas. Vol. V/2, León : Universidad de León, 1993.

3) 五十嵐一成「16世紀スペイン帝国における諸調査の実態と意義—「スペイン諸村落の報告」を中心に—」『北大史学』15、1975年、10-20頁（13頁参照）。

4) 以下、ペドロ・デ・バレンシアの生涯の事実関係については、Paniagua Pérez, J. "Pedro de Valencia, cronista e historiógrafo oficial de las Indias (1607-1620)", *Anuario de Estudios Americanos* LIII-2, 1996, pp. 231-249 ; Paniagua Pérez, J. "El humanismo español y la crónica oficial de Indias de Pedro de Valencia", *Caravell*, n° 76-77, 2001, pp. 223-234 ; Alcalá A. "El humanista y cronista real Pedro de Valencia (1555-1620) y la crisis española entre los siglos XVI y XVII", *Siglos dorados*, t. 1, Madrid, 2004, pp. 1-14.

5) Paniagua Pérez, J. "Pedro de Valencia, cronista e historiógrafo oficial de las Indias (1607-1620)", p. 233. ペドロにコンベルソ疑惑が浮上したためとも言われるが、証拠はなく定かではない。1522年からサラマンカ大学は純粋な旧キリスト教徒（スペインでは改宗者に対して従来からのキリスト教徒をこう呼ぶ）の血統を証明できない者には門戸を閉じている。モロチョ・ガヨはペドロ・デ・バレンシアがユダヤ系であるという噂は、反ユダヤ的な内容とされる「サクロモンテの鉛板文書」を偽書として批判したための中傷である可能性を述べている。Morocho Gayo, G. "Presentación", en De Valencia, P. *Relaciones de indias. 2. México*, pp. 11-14（p. 13 参照）.

6) Morocho Gayo, G. "Introducción a una lectura de Pedro de Valencia", De Valencia, P. *Relaciones de indias. 2. México*, pp. 17-64（pp. 28, 30 参照）.

7) ペドロ・デ・バレンシアの献策書のうちのいくつかは、ペドロ・デ・バレンシア全集の第4巻において刊行されている。De Valencia, P. *Escritos sociales*, Obras completas, Vol. IV-ii, León : Unversidad de León, 1999.

8) De Valencia, P. *Tratado Acerca de Los Moriscos de España*, Málaga, 1997 ; De Valencia, P. "Tratado acerca de los moriscos de españa", *Escritos sociales*, pp. 67-139.

9) De Valencia, P. "Discurso sobre el pergamino y láminas de Granada", *Escritos*

第 4 章　ペドロ・デ・バレンシアの『インディアス報告』1607-1613 年）*123*

sociales, pp. 429-455.

10）『インカ皇統記（*Comentarios Reales de los Incas*)』の名で広く知られている。Paniagua Pérez, J. "América en la época de las relaciones de Pedro de Valencia", De Valencia, P. *Relaciones de indias. 1. Nueva Granada y Virreinato de Perú*, pp. 63-79（p. 79 参照）。

11）Rubio y Muñoz-Bocanegra, A. "La emigración extremeña a Indias en el siglo XVI", *Revista de Estudios Extremeños*, T. IV n. 3, 1930 sept. -dic, pp. 309-325. 16 世紀末にサフラからパナマやペルーへの移住者が多かったという調査結果が出ている。

12）Paniagua Pérez, J. "Pedro de Valencia, cronista e historiógrafo oficial de las Indias (1607-1620)", p. 235.

13）フアン・デ・オバンドの活動や「全情報」に関わることについては、Brendecke, A. *Imperio e información. Funciones del saber en el dominio colonial español*, 2nd ed., Madrid, 2016 参照。

14）以下、1604 年の質問集については、Paniagua Pérez, J. "La tradición de las relaciones geográficas y los cuestionarios sobre los que se elaboraron", De Valencia, P. *Relaciones de indias. 1. Nueva Granada y Virreinato de Perú*, pp. 91-97.

15）*Ibid.*, pp. 95-96. 1604 年の質問集の全文は、De Valencia, P. *Relaciones de indias. 2. México*, pp. 329-339 に翻刻されている。

16）De Valencia, P. *Relaciones de indias. 1. Nueva Granada y Virreinato de Perú*, p. 115.

17）*Ibid.*, p. 120.

18）*Ibid.*, p. 162.

19）De Valencia, P. *loc. cit.*

20）De Valencia, P. *loc. cit.*

21）*Ibid.*, pp. 255-260.

22）*Ibid.*, p. 442.

23）*Ibid.*, p. 444.

24）De Valencia, P. "Tratado acerca de los moriscos de españa", *op. cit.,* pp. 67-139.

25）モロチョ・ガヨによる『フェリーペ 3 世史』への言及は、Morocho Gayo, G. "Una historia de Felipe III escrita por Pedro de Valencia", *Homenaje al Profesor Juan Torres Fontes*, Murcia, 1991, pp. 1141-1151.

第Ⅲ部　日　　本

第 5 章

近世ヒスパニック世界から見た日本、
近世日本人が見たヒスパニック世界
──統治者・統治領域・政体についての記述を中心に──

椎 名 　 浩

は じ め に

　近世ヨーロッパの権力・国家を理解するモデルとして「複合君主政論」が
提起されて久しく、且つ定着した感がある[1]。スペインはこの複合君主政の
代表例であるばかりか、本書のテーマである「ヒスパニック世界」の形成と
軌を一にして、16 世紀末までに「スペイン複合君主政」はヨーロッパ・南
北アメリカからアフリカ・アジアをも含む広がりを見せた[2]。

　またこの時代には、スペインが隣国ポルトガルとともに、実効支配した領
域にとどまらない世界各地の情報をヨーロッパ世界に伝えた[3]。16 世紀半ば
から 17 世紀前半にかけての、いわゆる「南蛮・キリシタン」時代の日本も
その対象の一つである。それらは記録対象についての（しばしば日本側では欠
損・沈黙している）有益な情報を提供するとともに、（曲解・偏見も含め）他者
理解・情報伝達の好事例となっている[4]。

　本章はまず第 1 節で、スペイン人が広大な領域を複合君主政の原理で統合
しつつ[5]、その外に広がる世界をも同様の原理で解釈しようとした過程を、
日本の統治者・統治領域・政体に関する記述を例に見る。近世ヨーロッパ人
が同時代の日本の権力者・制度をどう呼んだかという問題は、明治期に関連
史料の翻訳が着手されて以来のテーマであるが、中・近世権力論を明確に見

128 第Ⅲ部 日 本

据えた研究としては、1950 年代の牧健二による先駆的作業[6]に始まり、1990
年代の荒野泰典の考察[7]を経て、2000 年代以降は松本和也が一連の論稿及び
著作を世に問うている[8]。2017 年に出た、キリシタン大名(狭義の大名に加え
国人領主・武将レベルの人物も含めた計 72 名)に関する総合的研究でも、宣教
師の記述における大名その他の呼称が取り上げられており[9]、視点・方法論
として定着しつつある。

第 2 節では、第 1 節とは観察・記録者と対象の関係を逆転させて、「南
蛮・キリシタン」時代から鎖国時代にかけての日本における、ヒスパニック
世界の統治者・統治領域・政体に関する記述を見ていく。鎖国期の日本人に
よる海外情報の受容についても、1950 年代の金字塔的著作[10]を筆頭に厚い
研究の蓄積があるが、従来、どちらかといえば江戸末期以降の近代化のイン
パクトに直面した時代への関心が高く、ヨーロッパ自体が前近代に属する時
期や、スペインのように近代化の文脈で存在感の薄い国への関心は低かった
ことは否めない。本章がこの点で、いくばくかの素材を提供できれば幸いで
ある。

本章の考察対象、留意点

以下、本章が考察の対象とする人・空間・時間・事柄の範囲と、それぞれ
に関連してあらかじめお断りすべき点を 3 点挙げておく。

1)「複合君主政(論)」は、現代の研究者が近世ヨーロッパの統治構造を
考察する中で提起された枠組であり、必ずしも同時代人にとって自覚的だ
ったわけではない。前近代ヨーロッパの統治を理解するモデルとしては他に
(複合君主政論とは密接に関連するが)「身分制」「社団国家」、ヒスパニック世
界では、「カスタ」「レプブリカ」をキーワードとする、宗教的・民族的諸集
団の包摂と同化の問題も重要である[11]。また第 2 節で取り上げる時代の日本
は、同時代人・研究者ともに「複合君主政論」の対象外である[12]。したがっ
て、筆者自身は「複合君主政論」モデルの有効性を大いに評価するものの、
当時の記述に向き合うに当たり、このモデルありきの態度は慎まなければな

らない。章題からは除いたゆえんである。

　2）第1節の観察・記録者たちの属性を、最も「粗く」形容すれば「スペイン人」となろう。16・17世紀に「スペイン（人）」という表現が有効か、その指すところは現在と同じなのかという問題は、本章特に第2節の検討課題の1つでもある。よって以下、一般的な「スペイン（人）」を用いながら、適宜「イスパニア（人）」または史料文中の「イスパニヤ」「イスハンヤ」などを併用する。さて第1節の観察・記録者の出身地は、本書のテーマ「ヒスパニック世界」の各地に及ぶ[13]。さらに「イタリア人」[14]ヴァリニャーノの記述も視野に入れるならば、「ヒスパニック世界」には「カスティーリャ語（以下「スペイン語」）[15]によるコミュニケーションの場」という意味も加わる。

　3）第2節で扱う、日本人によるヒスパニック世界情報が体系化したのは、共時的情報（政治・外交・軍事などの最新情勢）では、17世紀半ば、即ち断交・鎖国前後からである。さらに通時的情報（自然、産業、民俗、制度など）については18世紀以降、スペインではブルボン朝時代となる。その後鎖国時代を通じてヒスパニック世界の情報は伝わったが[16]、その全体を扱うと第1節で扱う時代とのずれが大きくなり、問題設定も拡散しかねない。したがって第2節では、共時的情報についてはハプスブルク期からスペイン継承戦争（1701-1713年）前後までの時期の記事、通時的情報においてもこれとほぼ同時期（書き手にとっての同時代または近い過去）についての記述を中心に検討する。また日本人がヨーロッパ各国の制度について詳述するのは18世紀末以降であり[17]、第2節ではヨーロッパ全体への言及や、「ヒスパニック世界」の存在自体への認識に関わるものも適宜紹介する。

関連史料

　第1節で用いる史料として特に重要なのは、ザビエル来航以来イエズス会宣教師が日本布教を伝えた膨大な数の書簡・報告であるが、本章では紙幅の都合もあり、スペイン語による記述の代表例として、布教開始後10年余を経た1561年10月に、第2代布教長コスメ・デ・トーレス（1510-1570年）[18]

130 第Ⅲ部 日　　本

によって書かれた書簡[19]、及びそこからさらに 20 年余りを経た 1583 年、イエズス会巡察師アレッサンドロ・ヴァリニャーノ（1539-1606 年）が日本巡察時の見聞を踏まえて書いた『日本諸事要録』[20]を取り上げる。

　16 世紀末〜 17 世紀にはフィリピン経由でヒスパニック世界との交流が始まり、日本記述についてもイエズス会以外の宣教師や宣教師以外の人物によるものが登場し、多様化する。本章ではそのうち、1609 年マニラ総督職からの帰任途上、暴風雨に遭って日本に漂着し、家康、秀忠にも謁見したロドリゴ・デ・ビベロ（1564-1636 年）の『ドン・ロドリゴ日本見聞録』[21]を取り上げる。ビベロの原文は、1991 年の J・ヒルによる日西関係史の著書に掲載され[22]、2016 年には第 1 報告に当たる部分が、同じくビベロによるヌエバ・エスパーニャ統治に関する献策書とともに刊行されている[23]。日本語訳は村上直次郎訳、大垣貴志郎訳[24]、平山篤子訳（上記ヒルの著書の日本語版）[25]があるが、本章では主に平山訳を参照する。

　1624 年にスペイン船、1639 年にはポルトガル船の来航が禁止され、ヒスパニック世界の人々が日本を直接見聞する機会は断たれるが、17 世紀中は、それまでの日本記述の蓄積が引き続き共有された。この時期スペインでは、有力都市を中心に地方史編纂・出版の動きが盛んになるが[26]、その中にも日本関連の記事が散見される。本章ではそのうち、ヘロニモ・キンタナ（1576-1644 年）の『マドリード史』（1629 年）[27]と、ディエゴ・オルティス・デ・スニガ（1636-1680 年）の『セビーリャ年代記』（1677 年)[28]を取り上げる[29]。

　その他、前近代における関連語句の意味・用法を確認するため、18 世紀に王立アカデミアによって編纂された西西辞典 *Diccionario de Autoridades*[30]を参照する。

　以上、第 1 節関連資料の訳出に当たっては、既存の日本語訳が存在するものについては基本的にこれらを参照したが、考察の必要上、訳や語句の表記法（スペイン語のカナ書き他）に改変を適宜加えた。

　　第 2 節の関連史料は、上述のように共時的情報と通時的情報に大別される[31]。まず共時的情報に関わる史料の代表的なものとして、来航したオラン

ダ船乗員からヨーロッパを中心とした海外情報を聴取し、長崎奉行所を通じて幕府に報告した「オランダ風説書」[32]の記事を検討する。

　通時的情報に関わる史料としては、まず17世紀後半、鎖国前にヒスパニック世界の一角フィリピンと往来した経験を持つ人物からの聞書き『呂宋覚書』[33]を取り上げる。その後17世紀末にかけ、海外の通時的情報が主に漢文テキストの読解によって充実していく例として、西川如見の『華夷通商考』[34]を取り上げる。

　18世紀前半、儒学者で幕政にも関わった新井白石は、漢文からの知識に宣教師シドッティやオランダ人から得た情報も加えて、江戸期日本の世界地理認識の転換点とも言うべき『西洋紀聞』[35]『采覧異言』[36]を著す。さらに18世紀後半からはオランダ語文献の読解によって世界地理の知識も精度を増すが、その時期の代表的な著作として、福知山藩主・朽木昌綱によるヨーロッパ地理書『泰西輿地図説』[37]を取り上げる。なお同書の原文は漢字・カタカナであるが、引用の際は外国地名・人名以外はひらがなに書き改め、適宜句読点を補った[38]。

1　近世ヒスパニック世界から見た日本

「1人の国王」観の段階

　1543年種子島にポルトガル人が到達し、ヨーロッパ人が日本の実見情報を得るようなった当初、日本は1人の王が全国を治める単一の島とみなされた。太平洋航路開拓を試みたビリャロボス艦隊の一員がマラッカで、ガリシア出身の商人ペロ・ディエスから聞いたところによると、ディエスは1544年夏から翌年初めにかけ日本（おそらく南九州沿岸）に滞在したが、各地に領主はいたものの全土の王の所在地はわからなかったという[39]。1549年に鹿児島に上陸し、キリスト教布教を開始したフランシスコ・ザビエルらの日本観も、これを踏襲するものであった。

　しかしながらザビエルが京まで足をのばし、ザビエル離日（1551年）後も

132 第Ⅲ部 日　　本

イエズス会士たちが各地で活動を続ける中で、彼らが目にしたのは、

　1）都には、全国の王とおぼしき存在が2者（天皇と足利将軍）ある。

　2）各地にはその領地で王のようにふるまい、互いに戦争し同盟を結ぶ領
　　主（戦国大名）がいる。

という状況であった。イエズス会は権力者の保護、可能なら彼ら自身の改宗を布教の重要な手段とみなしており、これらの状況を統合的に理解することが重要な命題となった。松本和也は、ザビエル及び布教初期のイエズス会士は天皇ないし将軍を日本全土の国王とみなし、特に「唯一の王」という場合は天皇を念頭に置いていたが、布教開始から約5年後、即ち山口退去と豊後への移転（1555年）前後には、戦国的状況を目の当たりにして、各地に複数の王がいるという認識に移っていったと見ている[40]。

　トーレスが書簡を書いた1561年10月は、豊後に拠点を移して6年、ザビエル来航からは12年を経過し、念願の畿内布教も1559年、ガスパル・ヴィレラの派遣によって着手されるなど、日本布教があらたな展開を見せつつあった時期である。書簡では日本の気候風土、日本人の気質、日本人の信仰と宗派について述べているほか、全国的権威者として下記の3者を挙げている。

　1）ザス Zaço（座主）：「ここ日本では我々の間でのローマのような場所である都の、自らの僧院にいて」[41]「多くの土地と収入を押さえ、しばしば世俗領主と権力を競う」[42]とされ、高位の仏僧が、教皇またはそれに準ずる聖界領主に擬して理解されている。

　一方、「世俗は2人の領袖、即ち主たる大身によって分けられている。1人は栄誉の長であり、もう1人は権力と政治及び司法の長である」[43]という。

　2）オウ Voo：「各人の身分、業績、及び彼の考えに従ってそれ［栄誉］を与えるのは彼にのみ許された任務であり、諸大身に相応の名声と称号を与えるのが彼の務めである」[44]。そして大名たちはオウからより高い称号や位階を得るため「彼のもとに大使のような家臣を置いている Tienen con él sus procuradores」[45]という。

第5章　近世ヒスパニック世界から見た日本……　*133*

3）クゲ qunge：「司法、権力、及び政治に関わる領袖 la (cabeza) de la justicia, poder, y guouierno」とされ、ゴショ goxo はエゲ enge（会下）[46]とともにこのクゲの下位概念とされるが、いずれにせよ「彼らの職務は正当と思われる戦さを部下に命じて行わせ、他の者に国内の不和争乱について知らせるための許可を与え、且つまた、諸侯を鎮めて反乱を起こした者に罰を与えることである」[47]。

なお、同じ日付で別の人物に宛てて書かれた書簡[48]では、これら「3人の主だった人物 tres personas principaes」についてより簡潔に、上記2）に当たる「栄誉の長 cabeça de la honra」、同じく3）に当たる「士分に与る者たちの長 cabeça de la hidalguía」[49]、1）に当たる「諸宗派の長 cabeça de las sectas」と説明している。上の記事にもどると、2）は「皇」即ち天皇を指すものと思われる。3）は、発音からすれば公家と思われるが、権能からすれば将軍を念頭に置いていると思われる。「公方 cubou」の誤記か、誤解・混同がある可能性がある。

西欧中世における聖俗両権の並立という概念が仏教勢力の理解に応用される一方、「世俗権力」のうちに権威の付与者（天皇）と権力の執行者（将軍）の両立あるいは役割分担を見た形である。

またトーレスはこの時点での日本における布教活動の拠点として、豊後（地点としては府内）・朽網・平戸・博多・鹿児島・山口・都・堺の順に8箇所を挙げている。興味深いことに、彼は来日12年を経てなお単一の「日本の島 isla de Japon」（事実上九州と周防・長門付近の範囲）という認識のようで、自らがいる豊後を「［北緯］33度半に位置し、この島の北方の東よりで、我々が住むところ」[50]、平戸を「日本の島の反対側、即ち西」[51]、山口を「島の北寄りにあり、ここ豊後からは50レグア隔たっている」[52]、都を「島の東」[53]などとしている。彼が長らく山口・豊後に拠点を置き、ザビエルの都行きにも同行しなかったためと思われるが、日本を「1つの王国」と捉える認識との関連も気になるところである[54]。

134 第Ⅲ部　日　　本

「66ヶ国」の複合体へ

1573年、イエズス会東インド巡察師に任命されたヴァリニャーノは、インド、マカオの巡察を経て、1579年7月島原半島の口之津に上陸し、1582年2月に天正遣欧使節に同行して長崎を出航するまで、3年にわたる日本巡察を行った。離日後の1583年、日本巡察時の見聞を踏まえてインドのコーチンで書き上げ、イエズス会総長に提出されたのが『日本諸事要録』（以下『要録』）である。

『要録』ではまず日本を「66ヶ国に分かれた多数の島嶼から成る地方 una provincia de diversas islas, repartida en sesenta y seis reinos」[55]と説明している。いわゆる「六十余州」にも通じる表現から、ここでの reino が、律令制以来の分国を念頭に置いていることは明らかであり、ヴァリニャーノがそれら66ヶ国の複合体として日本を捉えていることが見て取れる。なお reino は通常「王国」であるが[56]、ここでは考察の関係上あえて「レイノ」と書く（「モナルキーア monarquía」「セニョリーオ señorío」「プエブロ pueblo」も同様）。以降の『要録』の記述を見ると、ヴァリニャーノは日本の統治者・統治領域を「上（広域)」から「下（局地)」へ、下記1）～5）のような形で把握していることがうかがえる。

1）モナルキーア：現在では、monarquía という語は「共和制」の対語として用いられる。一方この時代「モナルキーア・イスパニカ」というと、カスティーリャ・アラゴンその他の「王」であると同時に「バルセロナ伯」「ブルゴーニュ公」でもあったスペイン王権を、カテゴリーを超えて包括する概念であり、王が本書でいう「ヒスパニック世界」全体に君臨している状況を指すものであった[57]。『要録』では、「公方、あるいは公方に代わって天下――日本のモナルキーア――を統治する者」[58]というように、このモナルキーアに「天下 tenca」の語を対応させており、古来1人の国王 rey 即ち内裏 dairi が君臨していたが、公方 cubou にとって代わられ、その公方の権威も失墜して、各地にレイノが割拠するに至った流れがまとめられ、その上で、目下このモナルキーア＝天下を掌握しつつある人物として「36ヶ

第5章　近世ヒスパニック世界から見た日本……　*135*

国のレイノと日本のモナルキーアに君臨する信長」[59]に言及されている。松本和也も、信長、秀吉ついで家康が掌握した全国支配＝「天下」を、イエズス会士は「君主国」（ここでいう「モナルキーア」）として理解したとしている[60]。

　2）レイノ：これについては上述したように、理念上は分国であると同時に、実際の統治領域としては戦国大名の領国支配を念頭に置いたものと思われる。そして「ある人々は位階と実権を得たが、それらの者の中で最高のものは屋形と称せられる。彼らは諸国の完全な領主であり、日本の法律と習慣に従い全支配権と命令権を有するから、国王であり、その名称に相応している」[61]とあるように、レイノに君臨する者の呼称として屋形 yacata が理解されている。そして、有力な大名の中には、信長などには及ばないものの複数のレイノに君臨する者もいた。大友氏について「豊後の国王、即ち屋形（…）は多年5ヶ国〔豊後、豊前、筑前、筑後、肥後〕を支配し、その他の地も掌中に収めていった」[62]とあるのはその例であり、カスティーリャ・レオンの王が名目上にせよトレード、セビーリャ（…）の王であり、アラゴン王がまたバレンシア・シチリアの王でありバルセロナ伯でもあったことが念頭にあったとも考えられる。松本和也は、イエズス会士が日本語の「国」について①日本全体②大名領国③国郡制の「国」の3つの意味合いで理解していたことを指摘しているが[63]、ここでの考察に当てはめれば、①はモナルキーア、②③がレイノの局面に対応すると言える。

　3）セニョリーオ〈1〉（有力領主の所領）：一方で、戦国大名といってもその支配領域が一国、即ちレイノ全体に支配を及ぼしていない者も存在し、ヒスパニック世界の有力貴族とその所領、「公（領）duque/ducado」「侯（領）marqués/marquesado」などが想起されたふしがある。具体的な大名では、大村純忠を「侯爵のごときもので、数多くの城塞や、都市、村落を領している」[64]、また高山右近について「当時は単なる一武士であった（…）ジュスト右近殿が上記高槻領の主となり、今では優れた侯爵領のようになっている」[65]と述べている。なおヴァリニャーノはこれら領主の呼称「国衆

136　第Ⅲ部　日　　本

Cunixu」から類推して、このレベルの統治領域に「国 Cuni」の語を当てて
いる。

　4) セニョリーオ〈2〉（中小所領）：さらに「これらの国の各々の中に、そ
の格式に応じて、国衆の家臣である多くの小領主が居り、彼らは1、2、あ
るいはそれ以上の城砦や村落を有する。彼らはまさしく我らの間における男
爵に相当し、彼らとその主要な家臣はその地方の騎士にしてイダルゴであ
る」[66]とある。『要録』の日本の身分・階級に触れた箇所でヴァリニャーノ
は、武士階級のうち殿 tonos と武士 buxis を区別しており[67]、統治領域との
関連では前者が1) ～ 3) に、後者が4) に対応して理解されていると見ら
れる。

　5) プエブロ：この語は通常「村落」「集落」などと訳されるが、住民が空
間的に編成され、自ら統治し、統治を受ける最小単位を指す。その中で、王
国の中で特別の地位を持ち、人口も多く繁栄したプエブロは「都市
ciudad」[68]「町 villa」の称号を与えられ、これを踏まえれば「市町村」とも言
える。『要録』では、西から、博多・府内・山口・堺・京・安土の6箇所が
ciudad と形容されており[69]、人口や経済的繁栄もさることながら、自治や
政治的・文化的中心地としての地位が重視されていることが見て取れる。

　ヴァリニャーノによる日本巡察中の 1580 年、大村家領の長崎港が隣接す
る茂木港及び周辺の領域とともにイエズス会に寄進された。この時の「長崎
寄進状」はスペイン語訳がローマ・イエズス会文書館に所蔵されており[70]、
長崎寄進という出来事の重大さゆえに活発な議論・検討の対象となってきた
が、日本の「領主」と「プエブロ」の関係を記述した例としても興味深い。
寄進状では大村純忠が「大村の領主ドン・バルトロメオ Don Bartholomeu,
señor de Omura」、長崎が単数形でプエブロ el pueblo de Nangasaque、茂木
が複数形で「諸村 los lugares de Mongui」と形容され、イエズス会士に代わ
って死刑を含む裁判権を行使するとされる役人がカピタン Capitán と呼ばれ
ている。寄進状の和文原本は伝来しておらず、後述する伊達政宗書状のよう
に日西両語の対照ができないのが惜しまれる。

以上のように、ヴァリニャーノは日本の統治について、極めて整序された形で把握しており、「レイノ」と「モナルキーア」の局面を切り分けることで、「全土の王」と「各地の王」の同時存在の問題にも1つの解を与えている。これは30年余の歴代イエズス会士による情報の蓄積に加え、彼が慣れ親しんだ統治概念——今日の「複合君主政論」モデルに合致する——を「下絵」としていることが大きいと見られる。

17世紀（関係断絶前）の記述

『ドン・ロドリゴ日本見聞録』は、第1報告書（全46章）・第2報告書（全20章）からなる。本章の問題関心に関わりの深いところでは、ビベロは日本全体を「66の州に分かれており、彼ら［日本人］はこの州を国とよぶ」[71]としている（第1報告書第12章）。全国的権力者については将軍を「皇帝emperador」、天皇を「国王rey」と大別している。ただ当時、秀忠に将軍職を譲った家康が大御所として駿府におり、その状況を踏まえて、両者への謁見の記述などでは家康の方を「皇帝」（第1報告書第15章他）、秀忠は「皇太子principe」（同第6・12章他）と呼んでいる。また天皇については、「この［京の］町には日本の王である内裏が住んでいる」[72]と述べ、「少し前太閤様がこの王国に立ち、すべての殿と領主を武力で彼に屈服させたので、この生まれながらの王である内裏は名目のみ残して」[73]おり、「彼は皇帝自身やこの国の大身の者に権威や官職の授与を行う」[74]としている（第1報告書第27章）[75]。ヴァリニャーノの記述につなげていえば、各地の「レイノ」を束ねる「モナルキーア」を実効的に把握する「皇帝」（秀吉以降の統一権力者）と、彼を権威付けする、血統正しい本来の「国王」としての天皇、という図式が見て取れる。

江戸の記述では「市の政事に関することでは、すべての判事の上に長官がいる」[76]とあり（第1報告書第10章）、京都の記述では京都所司代を「皇帝から任命された副王 un verrey puesto por el emperador」[77]と形容している（第1報告書第28章）。

138 第Ⅲ部　日　　本

　全体として、ビベロの関連記事は全国的権力者と都市行政官に集中し、救出に尽力した本多氏[78]（第1報告書第4・5章）を別にすれば、大名などの中間的な権力者の記述は手薄になっているきらいがある。幕府による統一が進みつつあった時代状況に加え、ビベロ本人が救出後ほどなく江戸に招かれ、続いて駿府・京に進んだという経緯も影響していると思われる。

17世紀（関係断絶後）の記述

　『マドリード史』は、同地の「古さ antigüedad（全76章）」「高貴さ nobleza（全148章）」「偉大さ grandeza（全67章）」を扱う3部構成で、そのうち第2部第40-42章でマドリード出身のドミニコ会士フランシスコ・デ・モラーレス（1567-1622年）[79]の殉教を扱い[80]、第3部第40章で天正遣欧使節[81]のマドリード訪問（1584年）に言及している[82]。そのうち天正遣欧使節については、「1584年11月初頭、東洋の果ての日本の王たちの使節3名が、フェリーペ2世を訪ね親交を結ぶべく、当市に到着した。彼らは、日向の王[83]の孫で豊後の王〔大友宗麟〕の名代ドン・〔伊東〕マンショ、有馬の王〔有馬晴信〕のいとこにして大村の王〔大村純忠〕の甥で、双方の王の名代ドン・〔千々石〕ミゲル、及び彼らに随行した2名の主だった騎士〔原マルチノ、中浦ジュリアンに当たる〕と称した」[84]と述べている。続いて使節の衣服の描写、また使節一行がフェリーペ2世の手に口づけの礼をしようとすると王はこれを止め、自ら使節を抱擁したことが述べられている。またローマ（属州ヒスパニア）時代、タラゴナにインド使節が来訪した出来事を引き合いに出し、インド使節が約1000レグアの旅程を経てきたのに対し、日本からの使節がたどった道は7000レグア以上を超えること、また、かつてインドへはもっぱらローマ人の名声が届いたのに対し、日本へはスペイン人の名声、とりわけ「その武勲の勇ましさ、またその信仰と信心の熱心さ」[85]が伝わったと述べている。

　一方『セビーリャ年代記』の日本関連記事は慶長遣欧使節[86]のセビーリャ来訪（1614年）、ともにセビーリャ出身の2名の宣教師、ペドロ・デ・スニ

ガ（1580-1622年）と使節の企画者でもあったルイス・ソテロ（1574-1624年）[87]の殉教の顛末を骨子としている。

第15部、1598年の章第3節[88]では、セビーリャ出身の著名な学者、著述家の1人としてソテロの名が挙げられ、「かの地の民の教化のため、使徒言行録のいくつかと教理問答集1冊を日本語で書いた」[89]ことが業績の1つとして挙げられている。

第16部、1614年の章3節では、慶長遣欧使節のセビーリャ訪問が取り上げられている[90]。この箇所は『大日本史料』の慶長遣欧使節関連史料にも加えられるなど[91]、使節の動向を伝えるヨーロッパ側の記述として早くから知られていた。そこではまず冒頭で、ヌエバ・エスパーニャ発の船団に乗り、「日本にある奥州の王政宗の、ローマ教皇とスペイン王への荘厳な使節一行」[92]が来航したこと、その顔ぶれが「かの地の主だった騎士支倉六右衛門とフランシスコ会修道士ルイス・ソテロ神父」[93]であったことが述べられ、ついでソテロの出自と生い立ち、彼が1602年に来日して布教に従事し、使節の実現に至ったこと、支倉常長が政宗からセビーリャ市宛の書状（後述）を託されたこと、セビーリャ市当局が使節一行をアルカサルに宿泊させ盛大に歓迎したこと、使節が政宗の書状と日本刀を贈り、書状はスペイン語訳が作られた上でセビーリャ文書館に収められたこと、使節一行がその後フェリーペ3世、さらに教皇パウルス5世への謁見を果たしたことが述べられている。

セビーリャ市宛の伊達政宗書状のうち原本（和文）はレプリカが作成され、仙台市博物館「慶長遣欧使節関連資料」に加えられている。書状原文は『大日本史料』[94]と、仙台市博物館の図録[95]に掲載された文面を参照する。またスペイン語訳は、『大日本史料』63-72頁に採録されたセビーリャ市参事会議事録中に掲載されている[96]。オルティス・デ・スニガが引用している文面では、支倉を「余の家中の騎士支倉六右衛門 un caballero de nuestra casa llamado Rocuyemon Faxecura」（原本の該当箇所「支倉六右衛門と申侍一人」）、差出人の箇所を「仙台の余の宮廷より（…）伊達政宗 De nuestra Corte de

140　第Ⅲ部　日　　本

Gonda (...) Ydata Macamune」（同じく「伊達陸奥守（花押）政宗（印)」）として
いる。

　第 17 部、1622 年の章 4 節では、スニガの殉教の顛末について伝えてい
る[97]。

　第 17 部、1624 年の章 4 節は、ソテロが大村で火刑に処せられ、殉教した
顛末について伝えている[98]。本章の関連では、伊達政宗とその所領を「奥州
の王と王国 el Rey y Reyno de Vox」、日本潜入に当たって上陸した薩摩を「王
国 Reyno de Samuza」、長崎奉行を「ゴベルナドール Gobernador de
Nangasaqui」と表現している。また処刑の地である大村は「都市 Vomura,
Ciudad de Japon」と形容され、ciudad の語が各地の城下町レベル（別の見方
をすると、その場面における中心地的な空間）に、普通名詞的に用いられている
ことがうかがえる。

　2 つの都市史における記述を見ると、日本関連記事は自分たちの都市が世
界の果てともいうべき地とつながっており、しかもその地に福音を伝えた人
物を輩出したという形で、都市の価値（キンタナの言う「高貴さ」「偉大さ」）を
アピールする役割を果たしている。なお、遣欧使節関連記事を見ると、両使
節の旅程[99]も手伝い、キンタナが日本を既存の世界観のうち旧来の東方（「東
インド」）に、オルティス・デ・スニガは「インディアス」に接続しているよ
うに思える。

2　近世日本人の見たヒスパニック世界

断交・鎖国前の記事

　実際の通交・往来が盛んであった時期、日本人がヒスパニック世界につい
てどのように、どの程度認識していたかについて、具体的に確認できる史料
は意外に少ない。その点、1596 年土佐沖にサン・フェリーペ号が漂着した
際、乗組員への取り調べをもとに作成された墨書きの世界図「浦戸漂着西班
牙船航海地圖」（高知県立図書館蔵）は、興味深い素材を提供している[100]

（142-143 頁参照）。

　地図は南を上に描かれており、右下端に南中国沿岸、その上に日本列島が、実際よりかなり大きく描かれているのを始め、画面右には朝鮮半島と「ふさんかい〔釜山〕」、「里うきう〔琉球〕」、「たかさくん〔高砂―台湾〕」、「流すん〔ルソン〕」「あま川〔マカオ〕」など、当時日本人が濃密な交渉を持った海域アジア世界が、画面左には太平洋、南北アメリカ（メキシコ湾周辺と思しき地形がかなり大きく描かれている）、イベリア半島、西アフリカ沿岸などが描きこまれている。また朱筆で日本―マニラ間・太平洋往復・大西洋の航路が書き込まれ、航行距離、日数などを付記している[101]。

　メキシコ付近と思われる箇所には「のひすはにや〔ヌエバ・エスパーニャ〕」、北米大西洋岸に当たる箇所には「かしていら〔カスティーリャ〕」との書き込みがある一方、アフリカ西海岸付近には「ふると加流〔ポルトガル〕の内」との書き込みがある。南北アメリカに君臨している「スペイン」は実質カスティーリャ王国であるとの、同時代人の認識を反映したのであろう。画面左端中央、イベリア半島と思しき地形の海寄りには「ふるとかる」とあり、内陸部には字を枠で囲んで ミヤコ と書かれ、マドリードを表していると思われる。

　また前節でもふれた、伊達政宗のセビーリャ市参事会宛の書状では、スペイン王を「其元大国之帝王さま」（該当箇所の西訳 "el Señor grande y poderoso Rey de España"）、宛先のセビーリャ市を「せひいや、したあて　参る人々御中」（同じく "á la más conocida y muy ilustre Ciudad de Sevilla "）としている。特に後者は、「都市 ciudad」が単なる地点・空間の呼称であるにとどまらず、政宗の書状を受け取ることのできる「法人格」であるがゆえに「人々」の語が補われ、しかも有力大名と同格の「町」「町衆」となると、原語（発音は葡 cidade に近い）で書くしかないと判断されたことがうかがえる[102]。

鎖国後の共時的情報

　オランダ風説書は、オランダ商館が平戸から出島に移された 1641 年に作

図1　浦戸漂着西班牙船航海地図（高知

第5章　近世ヒスパニック世界から見た日本……　143

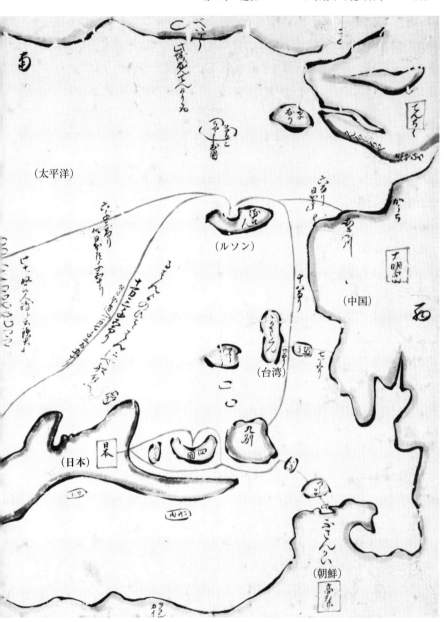

̄図書館所蔵「浦戸漂着西班牙船航海地圖」）

成が始まり、開国を経た 1857 年まで継続的に作成された。ただ初期の風説書の原文は残っておらず、『和蘭風説書集成』でもオランダ商館長の記録で補っている[103]。風説書はオランダ船員と通詞が口頭でやりとりし、これをもとに通詞が和文で書く形で作成されたが、日本人の間にオランダ語が普及しない初期の一定期間、オランダ人からの聴取にはイベリア言語に堪能な人物、いわゆる「南蛮通詞」が起用され、両者は第三言語（おそらくポルトガル語）で会話した[104]。

　風説書のスペイン関連記事は、当初は（オランダ側からの）イベリア両国とそれを背景にしたカトリック宣教師の脅威の強調、1648 年に締結されたウェストファリア条約での自国の立場の説明などに力点が置かれ、その後 17 世紀末までは、ルイ 14 世治下のフランスの領土拡張策に、南ネーデルラント他のスペイン領が脅威を受けている状況（オランダにとっても脅威）が主な内容となる[105]。

　本章の問題関心に関わりの深いところでは、「遺産相続戦争」（1667-1678 年）[106]に言及している「寛文八年風説書」（1668 年）[107]で、問題の焦点となったフランドルの領土を「聟引出物」と形容している。また「貞享三年風説書之一」（1686 年）[108]では、「イスパンヤ国」の王女でカトリック教徒を妻[109]に持つジェームズ 2 世が、前年イングランド王位に就いたことを伝えているが、両風説書ではスペイン・フランス・イングランドの国王を「守護」、また中国でのカトリック宣教師の活動に言及した「元禄八年風説書之一」（1695 年）[110]では、清の皇帝を「唐国之惣守護」と表現している。あくまで推測の域を出ないが、上に述べた通詞の来歴からして、かつて宣教師たちが大名を「国王（レイ）」とした認識が、南蛮通詞の間に逆輸入されたとも考えられる。

　本章で扱う時期のオランダ風説書は、スペイン以外の「ヒスパニック世界」についての記事は少ない。「貞享三年風説書之一」では「ロソン」で「イスパンヤ人」が「キリシタン宗門」を広めていることに言及され、「元禄八年風説書之二」（1695 年）[111]と「元禄九年風説書之二」（1696 年）[112]では、「ノウヘ・イスパンヤ」（「奥南蛮の手下」「奥南蛮国」などと説明される）からル

ソンへの、銀を積んだ船の来航が言及されている。

「元禄十五年風説書」(1702年)[113]から「正徳五年風説書」(1715年)[114]にかけては、スペイン継承戦争について伝えている。「正徳四年風説書」(1714)[115]と「正徳五年風説書」ではともに「矢止〔講和〕」に言及しており、前者が「ユトレヒト条約」(1713年)、後者が「ラシュタット条約」(1714年)に触れたものと思われる。この間、「元禄十六年風説書」(1703年)[116]で前年のヴィーゴ湾の海戦と見られる記事がある以外は、具体的な戦闘に関する記述は少なく、スペイン(フェリーペ5世)側にフランス、「ドイチ國」(カール大公)側にオランダ・イギリスがついていることが繰り返し言及されている。なお、「正徳五年風説書」から「宝永三年風説書」(1706年)[117]にかけては、それまで「イスパニヤ」「イスパンヤ」などと書かれていたスペインが「南蛮国」と書かれ、「宝永四年風説書」(1707年)[118]から再び「イスパンヤ」となる。あるいはこの時期、後述するように万国地理の知識が普及し、「南蛮」はスペイン・ポルトガルに他ならないと改めて認識されたことと関係があるかもしれない。

17世紀の通時的情報

江戸時代の日本におけるヒスパニック世界についての通時的情報の体系化は、断交・鎖国前に、ヒスパニック世界に含まれる地を訪れた日本人の記憶を言語化・文字化することから始まった。寛文11(1671)年の日付がある『呂宋覚書』がそれであり、聞書きに応じた人物が、朱印船貿易末期の1620年前後に20歳代でルソンを訪れたとすれば、当時70歳代に達していたと見られる。同書は日本からの航路、現地の景観・衣食住・冠婚葬祭に至る多彩な事柄について、80項目以上にわたって箇条書きしているが、統治・制度などに関わる記事はあまり多くなく、スペイン系住民と見られる「マネイラ(マニラ)人」への言及があり、「唐人」「モウル人」日本人とともにマニラに居住していること、「城内」[119]の住民は皆「侍」であると述べられている。また「城主(マニラ総督?)」がおり、「軍大将」は「サルゼントマヨウル

146 第Ⅲ部 日　　本

〔sargento mayor〕」、「鉄砲の者」は「ソルダアト〔soldado〕」と呼ばれるという。

　西川如見（1648-1724年）は、長崎の町役人の家に生まれた。20歳代で学問に志し、49歳で隠居して著述に専念した。『華夷通商考』はまず1695年に2巻本で刊行されるが、1708年には『増補華夷通商考』が5巻本として出された。岩波文庫に収録され本章でも参照するのはこの『増補』であり、以下これを『華夷通商考』とする。

　『華夷通商考』は1・2巻で「中華十五省」について記述した後、3～5巻で他の各国を取り上げている。如見は中華世界観を援用して、諸国のうち本朝・中華と同様漢字文化圏に属する「朝鮮」「琉球」「大冤〔台湾〕」「東京（トン
キン）」「交趾（コーチ）」を「外国」、それ以外の文化圏に属する諸国を「外夷」として区別している。外夷のうち、かつて日本に来航していたが、その後来航を禁じられた諸国・地域を特に「御禁制の国」とし、「亞媽港〔マカオ〕」「呂宋〔ルソン〕」「イスハニヤ」「エゲレス」の4者を挙げている[120]。このように世界各国を物理的距離・文化的親疎に従って同心円状に配し、日本からの距離・自然・民俗・産物・通交の有無について記述する。『華夷通商考』と題するゆえんである。

　その一方で2・3巻の間に「地球万国一覧之図」と題した、日本近海の太平洋を中心に置いた世界地図を挿入し、「亜細亜」「欧羅巴」「利未亜（アフ
リカ）（リ ミ ヤ）」「北亜墨利加（アメリカ）」「南亜墨利加」「墨瓦尼加（南方に想定された未知の大陸）（メ ガ ラ ニ カ）」の6大州から成る世界像を紹介している[121]。

　「御禁制の国」のうち、「イスパニヤ」には「并ポルトガル、カステイラ」と付記され、この地名がポルトガルとカスティーリャの両国を含めた呼称とされ、且つ、「南蛮国」とはこの両国のことであるとされる。日本から見れば西方にある両国が「南蛮」と称されるのは、これらの国がマカオ、マニラなどを「手下」としたためで、単に南方から来航したためではないと論じられる。身体的特徴や民俗はオランダ人に共通しているとされている[122]。

　かつてのローマ属州ヒスパニアは本来イベリア半島全体を指していたが、

第5章　近世ヒスパニック世界から見た日本……　147

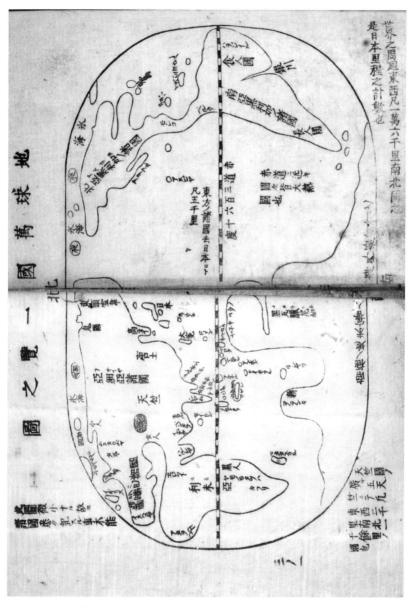

図2　地球万国一覧之図（筑波大学附属図書館デジタルコンテンツより）

148　第Ⅲ部　日　　本

17世紀になってもイベリア諸国の総体を「イスパニア」とし、それがポルトガル、カスティーリャ、アラゴンなど複数の「国」を内包するという考えは、ヨーロッパに根強く存在した[123]。特に海外進出・植民地問題の文脈では、しばしば「カスティーリャ」がポルトガルに対置された[124]。如見の記述は、漢文テキストに反映したヨーロッパ人の地理概念を、彼が正確に読んだことの証左と言える。

　マカオについては広東の南、日本から海路900里あまりで、南蛮人が住むとされる[125]。

　ルソンについては、台湾の南、日本から海路800里あまりのところにある。住民が内発的に国家形成することのないまま、いつとなく南蛮人の植民するところとなった。気候は暖かく、住民の民度は低い。周辺に無数の島々があるとされる[126]。

　その他ヒスパニック世界に関連するところでは、「コワ〔ゴア〕」[127]「マロク〔モルッカ〕」[128]「ペルウ国」「ハラジイル〔ブラジル〕」「チイカ、バタウン〔チリ、パタゴニア〕」「キンカスラ〔カスティーリャ・デル・オロ？〕」「モシコ〔メキシコ〕」「キビラ、カリフルシヤ〔カリフォルニア〕」[129]といった地への言及がある。

新井白石とヒスパニック世界

　シチリア島パレルモ出身のカトリック司祭ジョヴァンニ・バッチスタ・シドッティ（1668-1714年）は、マニラから日本への渡航を企て、1708年屋久島に上陸したが、捕らえられて長崎に送られた。翌年には江戸に送られ、当時幕府の実力者であった新井白石（1657-1725年）の尋問を受けた。シドッティはその後牢死するが、彼との対話に触発された白石は、『西洋紀聞』『采覧異言』を著すこととなった（完成年は特定されていないが、両書とも晩年まで推敲を重ねたと見られる）。

　『西洋紀聞』は上・中・下の3巻からなる。上巻はシドッティの上陸から尋問（自身との接点）、牢死までの経緯、中巻が世界地誌とスペイン継承戦争

第 5 章　近世ヒスパニック世界から見た日本……　*149*

を中心としたヨーロッパ情勢、下巻で諸宗教特にキリスト教について論じている。

　うち中巻では、まず世界が球形であり、陸地は五大州（後述）から成ると説き、主要な大洋・大陸・島嶼などについて紹介した後[130]、「エウロパ諸国」[131]「アフリカ諸国」[132]「アジア諸国」[133]「ノヲルト・アメリカ（北アメリカ）諸国」[134]「ソイデ・アメリカ（南アメリカ）諸国」[135]の順に国・地域を紹介している。

　ヒスパニック世界に関わりの深いところでは、まずポルトガルについて、かつてこの国が日本に来航した「南蛮国」に他ならないこと、一時スペイン王が 60 年にわたり同国の王位についていたことにも言及されている。またポルトガル船の来航とともに我が国に「天主の教」が伝わったこと、天文年間に「フランシスクス・サベイリウス」が豊後（実際は薩摩）に来航したのがその端緒であると述べられている[136]。

　スペイン（「イスパニヤ、ヲヽランドの語には、イスパンヤとも、スパンヤともいふ」）については、ポルトガル・フランスと境界を接すること、「属国」が 18 ヶ国あること、南米を勢力下に置き、「ノーワ・イスパニヤ」としたこと、さらにアジアではルソンを支配下に置いたと述べている。また日本とは慶長年間にルソン、ヌエバ・エスパーニャ経由で交易が始まったが、寛永元年（1624）に関係は断たれたとしている[137]。

　またカスティーリャ（「カステイリヤ、カステイラともいふ」）について、「イスパニアの東南にありて、共にこれ与国也といふ」としている。またザビエルを「此国の人也しといふ」としている[138]。

　マラッカ（「マロカ、マラカ、またはマテヤといふ」）について、元ポルトガル人の拠点であったが、今はオランダ人に帰していること、その過程で、「慶長十七年（1612）」、ポルトガルの「与国」であったカスティーリャとオランダの間に戦闘があったことに言及している[139]。

　ルソン（「ロクソン、ロソンともいふ。漢に呂宋と訳す」）については、広東の南方にある島国であること、元々固有の統治者がいたが、近い過去の時代

150 第Ⅲ部 日　　本

「イスパニヤ人」が移り住み、政治を取り仕切るようになったとしている。また日本人が多く移り住み、「聚落（日本町）」は3000人以上に達し、日本の衣服・習慣を保っていること、住民は刀、槍などで武装して出歩くことなどが述べられている。慶長年間日本と通交のあった「呂宋国」とは、この島に拠点を置いたスペイン人の使者であったと推測している[140]。

　ヌエバ・エスパーニャ（「ノーワ・イスパニア、漢に新伊西把你亜と翻訳す。我国の俗にノヲバイスパニヤ、またはノビスパンといひし此也」）については、北アメリカの南限でありこの国以南は南アメリカとなること、スペイン人の勢力下に入り、海港としてアカプルコが繁栄していると述べられている。また「慶長十五（1610）年」この国の船が漂着したので、船を修理してやった上で送還し、「十七（1612）年」その答礼使が来航したことに言及している[141]。

　また白石は、「エウロパ諸国」でヨーロッパの統治者・政体にも言及している[142]。まずヨーロッパ諸国の王位継承の手順について述べ、オランダ人には君主がおらず、中国・周の「六卿<ruby>りくけい</ruby>」のような官職を任命して政務に当たらせるとし、他「レネサ〔ヴェネツィア〕」「ゼヌワ〔ジェノヴァ〕」を例に共和政体の存在にも言及した上で、ヨーロッパ各国の「君長の位号、数などあり」とし、「ホンテヘキス・マキスイムス羅 Pontifix Maximus［教皇］」を「最第一無上等」として、以下「インペラドール羅 imperator［皇帝］」「レキス羅 rex［王］」「フレンス蘭 prins［大公］」「ホルスト蘭 vorst［フエルスト］」「ドウクス羅 dux［公］」の序列があるとしている。教皇がヨーロッパにおける最高位の君主であるという理解は、情報提供者がカトリック聖職者のシドッティであったことが明らかに影響しているが、教皇が戴冠などを通じて、形式的にせよ皇帝を含む世俗君主に有してきた権威を、白石が理解していた要素も見て取れる。

　『西洋紀聞』が、キリスト教に言及していることもあって白石自身が執筆を伏せ、19世紀初めに存在が知られたのに対し、世界地理に特化した『采覧異言』は早くから知られ、名著の評判も高かった。内容も『西洋紀聞』の情報を漢文地理書の読み込みによって補強し、より充実したものにしてい

る。構成は「エウロパ」「アフリカ」「アジア」[143]「ソイデ・アメリカ」[144]「ノヲルト・アメリカ」[145]の順となっている。

「エウロパ諸国」中の関連記事は、まず「伊斯把儞亞（イスパニヤ）」の項目があって、ヨーロッパ西方の大国であり、約18ヶ国を支配下に置く。国力が充実した勢いで、北アメリカを開拓しヌエバ・エスパーニャを建設、さらにフィリピンにまで到達した。住民はことごとく「天教」の信者である。日本とも通交があったが、寛永元年に来日した使節からの貿易の申し出を幕府は拒絶、以後関係は絶たれた、といった記事があり、今日の「スペイン」と変わりない範囲を対象にした内容だが、それに続いて、概ねイベリア半島を西南から北東に見ていく形で、ポルトガル、「俺大魯西亞（アンダルシア）」「瓦辣那達（ガラナアタ）〔グラナダ〕」「加西蝋（ステイラ）〔カスティーリャ〕」「那勿蝋（ナハラ）」の記事が並んでいる[146]。「イスパニヤ」が広義にはポルトガルも含めた半島全体をも意味し、ポルトガル、カスティーリャを始めとした複数の「国」を内包するとの理解が見て取れる。西川如見の場合と同様、白石が参照した17世紀ヨーロッパ人の地理概念の反映と考えられる。

蘭学摂取後のヒスパニック世界理解

丹波福知山藩主・朽木昌綱（1750-1802年）は、蘭学に造詣の深い人物であり、日本への蘭学普及に功績のあった、オランダ商館長 I. ティツィング（1745-1812年）との交流でも知られる[147]。朽木は、オランダ語の地理書を主な情報源として、ヨーロッパを対象とした地理書『泰西輿地図説』を執筆し、1789年に世に出した。同書は全17巻からなり、1巻がヨーロッパ地理総論、2〜14巻がヨーロッパ各国地誌となり、続いて15巻は地図（万国総図・ヨーロッパ総図・各国地図）、16巻には都市図（パリ・ロンドン・ユトレヒトの3箇所）、17巻ではヨーロッパ各国の紋章一覧と、極北地方の民俗を伝える絵図を掲載している。地名・人名の表記はラテン語・オランダ語を基本とし、適宜漢訳・漢字表記にも言及している[148]。

1巻には「爵名」という項目を設け、ヨーロッパ諸国のうち「帝国」はイ

タリア及びドイツ（神聖ローマ帝国）・ロシア・トルコの３ヶ国、「王国」は
10（スペイン・フランス・ポルトガル・イングランド・ポーランド・デンマーク・ス
ウェーデン・プロイセン・サルデーニャ・ナポリ）、その他、「侯国」「宗法を以て
治る僧官の主［聖界領主］」などが多数としている[149]。

　２巻で「ポルトガリヤ」、３巻で「ヒスパニア」を扱っているが、「ポルト
ガリヤ」記事の冒頭では「其地古はヒスパニヤの属州にして、別の一国にて
はあらざりしが、近歳分れて自ら政事を執するの王国とはなれり。故に古へ
の地図にはヒスパニヤの内に入て別国となさず」[150]とある。つまり、続く
「ヒスパニヤ」の項は、今日の「スペイン」と基本的に同じ地理的範囲を扱
っている。

　その「ヒスパニア」では、「濱海」「隣界」「幅員」「諸川」「風土」「分州」
「属国」の項目をたてている。うち「風土」では、気候温暖で果実の種類が
豊富で生産も盛んだが、人口密度は希薄で、特に「西北の方には荒蕪の地多
し」とある。したがって住民は、本国の土地改良に努めるより新天地を求め
る気風が強く、四大州に広大な領土を得るに至ったゆえんだという。またし
ばしば宣教師が、各地で領土拡張の露払いとなったとされる。さらに「千七
百七年」スペイン継承戦争が起き、「ヲイトレキトの和睦〔ユトレヒト条約〕」
の結果「ヒリピユス〔フェリーペ５世〕」が「惣王」として君臨するに至っ
た経緯が述べられている[151]。

　「分州」では、① 北方沿岸：「ガツリシヤ」「アスチユリヤ」「ピスカヤ」
② 西部：「レヲン」「エステレマジユラ」「カステルラ、ペチユス〔旧カスティ
ーリャ〕」③ 中央部：「ニイウウェ、カスチリイン〔新カスティーリャ〕」
④ 東部：「ナハツラ」「アラゴニア」「カタロニヤ」⑤ 南部地中海岸：「バレ
ンチア」「アンダリユシヤ」「ガラナダ〔グラナダ〕」「ミユルシア」⑥ 地中
海内の諸島：「バレアレス」の６域に分けて、スペイン国内の諸地方を紹介
している[152]。

　また「属国」では、① ヨーロッパ内：「ナアペルス〔ナポリ〕」「シシリイ
ン〔シチリア〕」「サヲイエン〔サヴォイア〕」「マルタ」「バルギクユム、ヒ

スパニクユム」または「ヒスパニヤ、子デルランデン〔南ネーデルラント〕」
② アフリカ：「セウタ」「カナリア」③ アジア・太平洋：「ヒリピインセ〔フ
ィリピン〕」または「リユソン」「ラドロニセ〔ラドロン〕」諸島「サロモニ
セ〔ソロモン〕」諸島 ④ アメリカ、の４域に分けて、イベリア半島外及び海
外の領土について紹介している[153]。ただし ① では、現在は他国の支配下に
帰していることが補足されている[154]。

　朽木昌綱の「ヒスパニヤ」理解、特に西川如見・新井白石と比較した場合
の特徴は、下記の３点にまとめられる。

　1)「ヒスパニヤ」が指す範囲は、今日（明治以降）の「スペイン」と基本
　　的に一致している（ポルトガルを除外している）。

　2)「スペイン複合君主政」の構成要素は、半島内ではスペインの一地方
　　（「分州」）、半島外の領土は「属国」とされている。

　3) 過去には（白石らが述べていたように）複数の国が並立していたこと、そ
　　のうちカスティーリャとアラゴンが中核となって、15 世紀末に「ヒス
　　パニヤ」が統合されたという歴史的経緯も理解されている（「スペイン王
　　国の成立」についての今日の通説的理解とほぼ同じもの）。フェリーペ５世を
　　あえて「惣王」と呼んでいることも、ブルボン朝の開始とともに王権に
　　よる統合の度を増したという認識とも考えられる。

　こうした認識の背景には、情報源自体の内容変化という要素が大きいと思
われる。ポルトガルの再独立（1640 年）から約 150 年経ってイベリア２国の
並立は既成事実となり、ヨーロッパのスペイン領が半島内に限られるように
なってからも久しい。ブルボン朝のもと中央集権化も進んだ。朽木が参照し
たスペインの通時的情報も、こうした現実の変化と無縁ではない。むろん漢
文経由からオランダ語の直接参照へ、近代科学としての地理学の導入といっ
た要因も大きいが、如見・白石のスペイン認識を一概に「誤解」「混同」と
するべきではなかろう。

154 第Ⅲ部 日　　本

お わ り に

観察・記録者の非対称性

　以上本章では、16 世紀半ばから 17 世紀末にかけての日本とヒスパニック世界の相互の情報伝達・イメージ形成について、統治者・統治領域・政体をめぐる記述を例に検討してきた。この分野に関する限り、ヒスパニック世界の人々による日本記述のほうが早い時期から意識的・分析的に行われ、且つ体系化したとの印象を禁じ得ない。

　両者は、スペイン帝国内の「征服者」「被征服者」のような圧倒的に非対称な関係にくらべれば、かなり「対等な観察者・記録者同士」に近いものであったが、完全にシンメトリーな関係にあったわけでもない。ヒスパニック世界の住人は、訪れた日本にコミュニティを形成し、日本社会との関係構築・権利の獲得を模索する[155]。一方大多数の日本人はヒスパニック世界からの船・人の来航を受ける立場であり[156]、来航した船・人・国の「5 W 1 H」、鎖国後は再来航の可能性が関心の中核になる。両者のこうした立場や関心の違いが、記述のあり方にも影響したと思われる。

記事の対称性・相似性

　一方で日本とヒスパニック世界との相互のイメージ形成には、偶然の一致も含め、下記のような対称性、共通理解が見出される。

　1) ヒスパニック世界の住民（特に宣教師）が、仏僧を自国の聖職者身分になぞらえて解釈する一方、日本人も「キリシタン」への関心（脅威感）から、教皇をヨーロッパにおける有力な君侯の一人と捉える傾向があった。

　2) ヒスパニック世界の住民が日本の政体を「複合君主政」になぞらえて理解する一方、日本人による地理記述においても、「イスパニア」の多義性と複合性が把握されていた。スペインでハプスブルク朝末期からブルボン朝の初期に当たる時期に考察を進めた西川如見、新井白石に、こうした理解が

より明瞭に見られるのは興味深い。

3) 王国・所領が君主の家産とされ、君主間の通婚関係が外交・同盟・連合などに結び付く状況は、同時代の日本人にとっても容易に理解できたようだ。本章では詳しく触れなかったが、ヒスパニック世界の人々による戦国大名の興亡についての記述は、これと「相似形」をなしているとも言える。

4) 日本人の記述に1国の政体についての詳細な記述はまだ見られないが、ヨーロッパに君主の呼称が複数あり、その間に上下の格があることを見て取り、また教皇がこれらの君主を権威付けする存在であると理解されている。ヒスパニック世界の住民が大名・統一権力者・天皇について行った考察とは、3) と同様の「相似形」であると言える。

松方冬子は、別段風説書の「西洋近代」にまつわる語彙の和訳に苦心する通詞たちの姿を紹介している[157]が、文化的バックボーンこそ違えど、ともに前近代の制度・価値観のもとにあった時期の日本とヒスパニック世界の人々は、むしろ直感的な相互理解が可能だったように見える。

1) 「複合君主政論」の研究成果をまとめた代表的な邦語文献として、古谷大輔・近藤和彦編『礫岩のようなヨーロッパ』山川出版社、2017年。またスペイン—本書で言う「ヒスパニック世界」—の事例を扱ったものとして、立石博高編『スペイン帝国と複合君主政』昭和堂、2018年が挙げられる。

2) 1570年スペインによりフィリピン諸島が征服、ヌエバ・エスパーニャ副王領の一部とされマニラに総督が派遣される。また1580年にはポルトガル王位を継承。1640年まで、同国の勢力下にあるブラジル及びアフリカ・アジア（ゴア・マラッカ・マカオ）の各地にも君臨する。

3) ここではJ・H・エリオットの古典的著作を挙げるにとどめる。J・H・エリオット（越智武臣、川北稔訳）『旧世界と新世界　1492-1650』岩波書店、1975年（2005年、同社「岩波モダンクラシックス」より再版）。

4) ここでは、種子島到達からザビエル来航前後にかけてを中心に、ヨーロッパ人が日本について得た事前情報が現地の見聞によってどう変化していくかを考察した、岸野久『西洋人の日本発見　ザビエル来日前日本情報の研究』（吉川弘文館、1989年）、1583年にL・フロイスが著した日欧文化比較についてその意義とともにバイアス・限界をも考察した松田毅一、E・ヨリッセン『フロイスの日

156　第Ⅲ部　日　　本

本覚書　日本とヨーロッパの風習の違い』（中公文庫、1983 年）、また主に学問・思想面でのヨーロッパ文化の日本への伝播とその受容のあり方を扱った著作として、ジャック・プルースト（山本淳一訳）『16-18 世紀ヨーロッパ像　日本というプリズムを通してみる』（岩波書店、1999 年）、と平岡隆二『南蛮系宇宙論の原典的研究』（花書房、2013 年）を挙げる。

5)　副王制度を軸にスペイン領アメリカを「複合君主政」の観点から考察した論稿として、宮崎和夫「インディアス諸王国—スペイン領アメリカは「植民地」だったか？」（前掲書『スペイン帝国と複合君主政』）が挙げられる。また網野徹哉は、16 世紀以降スペイン人がインカを「帝国 Imperio」と解釈しつつ自らの「帝国」に組み込んでゆく過程、及び各時代の現地社会各層の反応・対応を「帝国の交錯」と名付けて考察している。網野哲哉『帝国の興亡史　インカとスペイン　帝国の交錯』講談社、2006 年。

6)　牧健二「日本の封建制度に対する開国以前における西洋人の理解及び解釈」『法制史研究』1、1951 年。「初期耶蘇会士の天皇・将軍及び武家政権観」『大倉山論集』3、1954 年。「初期耶蘇会士の大名国王観と其の効果」『法制史研究』4、1954 年。

7)　荒野泰典「二人の皇帝—欧米人の見た天皇と将軍」田中健夫編『前近代の日本と東アジア』吉川弘文館、1995 年。

8)　松本和也「イエズス会宣教師の権力者認識と国家認識　ガスパル・ヴィレラ畿内布教前段階における」『日本歴史』655、2002 年。「イエズス会の畿内布教と権力者・国家認識」『研究キリシタン学』7、2004 年。「フランシスコ・ザビエルの天皇・将軍認識」『歴史学研究』797、2005 年。「宣教師史料から見た日本王権論」『歴史評論』680、2006 年。『イエズス会が見た「日本国王」　天皇・将軍・信長・秀吉』吉川弘文館、2020 年。

9)　五野井隆史監修『キリシタン大名　布教・政策・信仰の実相』宮帯出版社、2017 年、6-27 頁。

10)　開国百年記念文化事業会編『鎖国時代日本人の海外知識　世界地理・西洋史に関する文献解題』クレス出版、2006 年（乾元社、1953 年版の復刻）。

11)　網野徹哉、前掲書、特に第 7 章「帝国の内なる敵　ユダヤ人とインディオ」参照。

12)　松本和也は、1560 年前後のイエズス会士の日本の統治形態についての理解を論じるに当たり、「連合国家」の語を用いている。松本和也、前掲書、128-131 頁。

13)　本章に関わる人物では、ロドリゴ・デ・ビベロがヌエバ・エスパーニャ出身。

14)　アラゴン王権を通じて「スペイン複合君主政」に包摂されていた、ナポリ王国のキエティ出身。

15) 本文中で引用する欧語は、葡（ポルトガル語）・羅（ラテン語）・蘭（オランダ語）などのただし書きがないものはスペイン語とみなされたい。

16) スペインでいえば啓蒙改革期からナポレオン支配、アンシャン・レジームの解体、ラテンアメリカの独立、カルリスタ戦争などを経て、イサベル 2 世治下の自由主義改革期までの時期に相当する。なお、1868 年 9 月にイサベル 2 世が退位、同年 11 月に日西通商修好条約が締結される。

17) 松方冬子は 2010 年の著書で、幕府を始め日本人の対外関心の推移を ①「カトリックの脅威の時代（17 世紀末まで）」② 知的好奇心の時代（概ね 18 世紀中）③「西洋近代の脅威の時代（18 世紀末以降、本格的には 19 世紀）」という形で要約している。松方冬子『オランダ風説書 「鎖国」日本が知った「世界」』中公新書、2010 年の第 4 章。この区分に従えば、本章で扱った時代は ① から ② の初期または過渡期に当たるが、ヨーロッパの特定の国の制度について本格的に考察する動機付けが生じたのは、③ の時期に入ってからのようだ。

18) トーレスの詳細については、結城了悟『長崎を開いた人 コスメ・デ・トーレスの生涯』サンパウロ、2007 年参照。

19) 「1561 年 10 月 8 日付、豊後発、インド管区長アントニオ・デ・クアドロス宛書翰」松田毅一監訳『16・17 世紀イエズス会日本報告集』第Ⅲ期第 1 巻、同朋舎、1997 年、335-346 頁（当該書簡は東光博英訳）。*Documentos del Japón 1558-1562*, ed. por Juan Ruiz de Medina S. J., Roma, 1995, pp. 445-461.

20) Alejandro Valignano S.I., *Sumario de las cosas de Japón (1583). Adiciones del Sumario de Japón (1592)* (ed. José Luis Alvarez-Taladriz), 2 vols. Tokyo, Sophia University, 1954. ヴァリニャーノ（松田毅一他訳）『日本巡察記』平凡社東洋文庫、1973 年。

21) 村上直次郎訳注『ドン・ロドリゴ日本見聞録／ビスカイノ金銀島探検報告』雄松堂出版、2005 年（1966 年版の復刻）。この時代はその他、ビベロ救出の答礼使として 1611 年来日したセバスティアン・ビスカイノ（1548-1624 年）の『金銀島探検報告』、16 世紀末から約 20 年にわたって日本に滞在した商人 B・アビラ・ヒロン（生没年不詳）の『日本王国記』（佐久間正、会田由、岩生成一訳『日本王国記／日欧文化比較』岩波書店、大航海時代叢書 第Ⅰ期、1965 年）、ドミニコ会士ディエゴ・コリャード（1589-1641 年）の『羅西日辞典』（大塚光信解題・索引、臨川書店、1966 年）なども書かれたが、これらの考察については他日を記したい。

22) Juan Gil, *Hidalgos y samurais. España y Japón en los siglos XVI y XVII.* Madrid, 1991, pp. 160-207.

23) Rodrigo de Vivero y Aberruza, *Relación y avisos del Reino de Japón y Nueva España* (ed. y est. de Eva Arexandra Uchmany Weill). México, 2016.

158 第Ⅲ部　日　　本

24）　JT 中南米学術プロジェクト編（大垣貴志郎監訳）『日本見聞記：1609 年』た
ばこと塩の博物館、1993 年。

25）　フアン・ヒル（平山篤子訳）『イダルゴとサムライ　16・17 世紀のイスパニア
と日本』法政大学出版会、2000 年、152-206 頁。

26）　Richard L. Kagan, "Clio and the Crown. Writing History in Habsburg Spain", in
Richard L. Kagan and Geoffrey Parker (eds.), *Spain, Europe and the Atlantic
World. Essays in Honour of John H. Elliott.* Cambridge UP, 1995, pp. 73-99. また、
トレードを事例とした論稿として、内村俊太「近世スペインの都市年代記にお
ける共同体像」『上智ヨーロッパ研究』10、2018 年がある。

27）　Jerónimo de Quintana, *A la muy antigua, noble y coronada villa de Madrid.
Historia de su antiguedad, nobleza y grandeza.* Madrid, 1629 (ed. facsímil) (2
tomos). Valladolid, 2005. なお原文の引用に当たり、異体字 ſ は s に統一した。

28）　Diego Ortiz de Zúñiga, *Annales Eclesiásticos y Seculares de la muy Noble y muy
Leal Ciudad de Sevilla, Metrópoli de Andalucía, de la que contiene sus más
principales memorias desde el año de 1246 hasta el año de 1671.* Madrid, 1677. 本章
では、1988-1989 年に刊行された全 5 巻の復刻本（Diego Ortiz de Zúñiga,
Annales de Seviila (5 tomos) Sevilla, 1988-1989.）を参照する。

29）　2 つの都市年代記の日本関連記事の詳細については、拙稿「近世スペイン都
市年代記の日本記事　マドリードとセビーリャの事例」『スペイン学』13、2011
年を参照。

30）　原題 *Diccionario de la Lengua Castellana, en que se explica el verdadero sentido de
las voces, su naturaleza y calidad, con las phrases o modos de hablar, los proverbios o
refranes, y otras cosas convenientes al uso de la lengua* (6 tomos). Madrid, Real
Academia Española, 1726-1739. 本章では、1990 年に王立アカデミアが 3 巻にま
とめて出版したファクシミリ版（Real Academia Española, *Diccionario de
Autoridades* (ed. facsímil). 3 vols. Madrid, 1990.）を参照する。なお、この書名の
邦訳としては、『模範辞典』（岡本信照『「俗語」から「国家語」へ―スペイン黄
金世紀の言語思想史』春風社、2011 年、226 頁）、『権威の辞典』（富田広樹『エ
フィメラル―スペイン新古典悲劇の研究』論創社、2020 年、40 頁）などがある。

31）　鎖国期日本の海外情報の性格、とりわけ「共時的情報」と「通時的情報」の
問題についての詳細は、拙稿「関係断絶期の日本におけるスペインの情報・知
識・関心（1624-1868 年）」『日本スペイン外交樹立 150 周年記念シンポジウム
変わりゆく世界におけるスペインと日本』京都外国語大学、2019 年及び「関係
断絶期のスペイン認識―情報と資料の類型」『WASEDA RILAS JOURNAL』（早
稲田大学総合人文科学研究センター）10、2022 年を参照。

32）　日蘭学会・法政蘭学研究会編『和蘭風説書集成』（上・下）、吉川弘文館、

1977-1979 年。うち本章が考察の対象とする風説書は主に上巻に収録されている。なお、1840 年からはバタヴィアでオランダ語の「別段風説書」も作成されるが、上述の時代設定上、本章では考察の外とする。

33)　新村出監修『海表叢書』6、成山堂書店、1989 年（更生閣、1928 年刊の復刻）所収（以下『呂宋覚書』と記）。

34)　西川如見『日本水土考・水土解弁・増補華夷通商考』岩波文庫、1944 年（1998 年復刊）（以下『華夷通商考』と記）。

35)　新井白石、宮崎道生校注『西洋紀聞』平凡社東洋文庫、1968 年。

36)　『新井白石全集』4、国書刊行会、1977 年（1906 年刊の復刻）所収。

37)　朽木昌綱『泰西輿地図説』青史社、1982 年。

38)　例：此国〔ラテン〕語ニテ〔ヒスパニヤ〕ト云イ〔フランス〕語ニテ〔エスパク子〕ト名ヅク（同上、49 頁。）→　此国、ラテン語にてヒスパニヤと云い、フランス語にてエスパク子と名づく。

39)　岸野久、前掲書 28 頁。

40)　松本和也、前掲書、66-84 頁。

41)　"Reside en un monasterio suio en el Meaco, que acá en Japón es como entre nos Roma"

42)　"Tiene mucho poder de tierras y rentas, y muchos veces tiene competencias con los señores seculars" なおルイス・デ・メディナ師は、competencias は competición の誤りであろうとしている。*Documentos del Japón 1558-1662*, p. 449.

43)　"El secular es dividido en dos cabeças o señores principales, de los quales uno de la honrra, y el otro del poder y guvierno y justicia"

44)　"a él solo pertenece darla a cada uno según que le parece y según la calidad de las perçonas y coas echas. Y ansí su officio es dar nombres o títulos a los señores comforme a lo que merecen"

45)　procurador には様々な意味があるが、国王が召集する身分制議会 Cortes に参集する諸都市・諸身分の代表者という意味もある。

46)　「えげ」または「えか」は、禅宗などで師の僧のもとで修行する所、またそのような僧。

47)　"El officio destos es mandar a los inferiors a hazer guerras que le parecen Justas, y dar a otros licencia para avizar de los alborotos y diferentias del reino y apasiguarlos. Y asímismo apasiguar los señores y castigar los que en el reino se levantan"

48)　1561 年 10 月 8 日付、豊後発、ディエゴ・デ・ライネス宛書簡。*Documentos del Japón 1558-1562*, pp. 462-466.

49)　イダルゴ hidalgo は、広義には平民と区別される身分に属するものの総称だが、

160 第Ⅲ部 日 本

一般にはそれらから爵位を持つ貴族を除いた下級貴族の呼称として用いられた。イダルゴの地位またはイダルゴ層を指す語が hidalguía。

50）"estará 33 grados y medio para el norte, de la banda desta isla que declina al oriente, en la cual residimos"

51）"otra banda de la isla de Japón para el occidente"

52）"que está más nuerte, el qual distará deste Bungo 50 legoas"

53）"hazia el oriente para la otra punta desta isla"

54）筆者は、宣教師の日本記述が単一の「島」から列島に近い形に遷移していく過程は、日本の統治・空間編成についての認識の深まりと関連していると見ている。詳細は拙稿「「島」から「列島」へ 16世紀中葉のイエズス会士による日本地理把握の変遷についての一考察」『総合科学』（熊本学園大学）19-1、2012年参照。

55）『日本巡察記』5頁、*Sumario* I, p. 4.

56）*Diccionario de Autoridades* にも「1人の王に属する、1つまたは多数の地方。古くはレグノと呼ばれる "Una o muchas Provincias sujetas a un Rey. Antiguamante se decia Regno."」とある。

57）詳細は、五十嵐一成「『帝国』とモナルキーア・イスパニカ」（上・中・下）『経済と経営』（札幌大学）34-1、34-2、36-1、2003-2005年。立石博高「複合君主政体とスペイン帝国」『スペイン帝国と複合君主政』1-13頁参照。

58）"Cubo o quien en su lugar gobierna la tenca, que es la monarquía de Japón", *Sumario* I, p. 11.『日本巡察記』、9頁。

59）"Nobunanga, que es señor de treinta y seis reinos y de la monarquía de Japón", *Sumario* I, p. 121.『日本巡察記』、43頁。

60）松本和也、前掲書、159-173頁。

61）" Y otros quedaron con la dignidad y con el mando, y entre éstos el primer lugar tienen los que llaman Yacatas, que en cierta manera responden al nombre y ser de reyes porque son señores de reinos enteros, teniendo sobre ellos todo el dominio y mando confrome a las leyes y costumbres de Japón", *Sumario* I, p. 12.『日本巡察記』、9頁。

62）"el rey o yacata de Bungo, (...) por mucho tiempo señoreó cinco reinos y iba alcance de los demás otros", *Sumario* I, p. 101-105.『日本巡察記』、40頁。

63）松本和也、前掲書、121-124頁。

64）"que es como un marqués, señor de muchas fortalezas y lugares", *Sumario* I, p. 75-76.『日本巡察記』、34頁。

65）"se halló Justo Ucondono (que entonces era un caballero particular) hecho señor de las dichas tierras de Tacaççuqui, que es ahora como un buen marquesado",

第 5 章　近世ヒスパニック世界から見た日本……　*161*

Sumario I, p. 277.『日本巡察記』130 頁。

66)　"Y en cada uno de estos cunis conforma a su cualidad hay otros señores diversos más pequeños, vasallos de los dichos cunixus, que tienen una dos y más fortalezas y otras aldeas, que son propiamente como entre nosotros los barones, y ellos y sus parientes y principales, vasallos son los caballeros hidalgos de la tierra", *Sumario* I, p. 13.『日本巡察記』、9-10 頁。

67)　『日本巡察記』7-8 頁、*Sumario* I, p. 8-9.

68)　*Diccionario de Autoridades* では ciudad を、「諸法と 1 つの統治に従いながら、ある 1 箇所に住む人々の集落であり、主君たる王が、その働きに報いて住民たちに付与することに努めた、一定の特権や免除の権利を享受する Poblacion de gentes congregadas a vivir en un lugar, sujetos a unas leyes, y a un gobierno, gozado de ciertos privilegios y excenciones, que los senores Reyes se han servido de concederlas segun sus servicios.」と説明している。

69)　拙稿「16 世紀スペイン語文書の日本記述における「権力・空間」イメージについての一考察─A・ヴァリニャーノの『日本諸事要録』(1583) を中心に」『イスパニア図書』11、2008 年、43-48 頁参照。

70)　寄進状のスペイン語原文は *Sumario* I, pp.70-71 及び Joseph Franz Schütte, *Valignanos Missionsgrund-sätze für Japan II*, Roma, 1958, S. 477. に掲載されているほか、現在までに独訳・英訳各 1 点、邦訳 6 点が存在する。詳細は拙稿「スペイン語史料を通じてみた開港初期長崎の社会をめぐる一考察─『日本諸事要録』と長崎寄進状を中心に」『大村史談』72、2021 年。「『長崎寄進状』補論」『大村史談』73、2022 年を参照。

71)　"que está dividida en sesenta seis provincias, que ellos llaman reinos", Juan Gil, *op. cit.*, p. 199. 平山篤子訳、198 頁。

72)　"En esta ciudad reside el *dayre*, que es el rey del Japón"

73)　"de pocos años a esta parte que Taicosama se levantó con el reino, reduciendo por fuerza de armas a su obediencia a todos los *tonos* y señores, este dayre, que era el rey natural, quedó con solo el nombre"

74)　"él da las dignidades, títulos ye investiduras así a los grandes del reino como al mismo Emperador"

75)　*Ibid.*, p. 180. 平山篤子訳、174-175 頁。

76)　*Ibid.*, p. 168. 平山篤子訳、161 頁。

77)　"En lo que es el goviorno politico de la ciudad, hay un governador surerior a todos los demás jueces", *Ibid.*, p. 180. 平山篤子訳、175 頁。

78)　「この地（上総国岩和田）の殿すなわち領主 este *tono* o señor de aquella tierra」*Ibid.*, p. 162. 平山篤子訳、155 頁。

162 第Ⅲ部 日 本

79) モラーレスの詳細については、ホセ・デルガード・ガルシーア編注、(佐久間正訳)『福者フランシスコ・モラーレス O.P. 書簡・報告』キリシタン文化研究会, 1972 年を参照。

80) Jerónimo de Quintana, *op. cit.*, Lib. II, Caps. XL-XLII (t. I, ff. 155r-158r).

81) 天正遣欧使節については、松田毅一『天正遣欧使節』朝文社、1991 年。伊川健二『世界史の中の天正遣欧使節』吉川弘文館、2017 年参照。

82) Jerónimo de Quintana, *op. cit.*, Lib. III, Cap. XL "Entrada de quatro Legados en Madrid, y de tres Embaxadores del Iapon" (t. II, ff. 353r-355r).

83) 日向都於郡城主・伊東義祐。1577 年伊東氏は島津氏に敗れ、豊後に落ちのびて大友氏の庇護を受けた。松田毅一、前掲書、30-36 頁。

84) "Por principio de Nouiembre de mil y quinientos y ochanta y quatro llegaron a esta villa tres Embaxadores de los Reyes del Iapon en lo vltimo de Oriente a visitar, y trabar amistad con el Rey Filipo Segundo: llamauanse don Mancio nieto del Rey de Fiunga por el Rey de Bungo, don Miguel primo del Rey de Arima, y sobrino del Rey de Omura por entranbos Reyes, y dos Caualleros principales con ellos", Jerónimo de Quintana, *op. cit.*, f. 354 v.

85) "el valor de sus hazañas, y el zelo grande de su Fè, y Religion", *ibid*, f. 355 r.

86) 慶長遣欧使節については、松田毅一『慶長遣欧使節』朝文社、2002 年参照。

87) ソテロの詳細については、ロレンソ・ペレス、野間一正訳『ベアト・ルイス・ソテーロ伝 慶長遣欧使節のいきさつ』東海大学出版会、1968 年参照。

88) *Annales de Sevilla,* Lib. XV, Año de 1598, 3 (t. IV, pp. 169-187).

89) "escribió algunas Epístolas, y un Catecismo en lengua Japona para la doctrina de aquellas gentes", *Ibid.*, p. 182.

90) *Ibid.*, Lib. XVI, Año de 1614, 3 (t. IV. pp. 239-242).

91) 東京大学史料編纂所編『大日本史料 第十二編之十二』(慶長遣欧使節関連史料)、東京大学出版会、1996 年 (初版 1909 年)、125-126 頁 (訳文)、100-101 頁 (原文)。

92) "una solemne embaxada de Mazamune, Rey de Voxú en el Japon, para el Romano Pontífice y Rey de España"

93) "Rocuyemon Faxecura, principal caballero de aquella tierra, y el Padre Fray Luis Sotelo, de la Orden de San Francisco"

94) 『大日本史料 第十二編之十二』、83-84 頁。

95) 『仙台市博物館収蔵資料図録 国宝「慶長遣欧使節関係資料」』仙台市博物館、2001 年、89-90 頁。

96) 『大日本史料 第十二編之十二』、71-72 頁。

97) *Annales de Sevilla,* Lib. XVII, Año de 1622, 4 (t. IV, pp. 294-295).

98) *Ibid*, Lib. XVII, Año de 1624, 4 (t. IV, pp. 310-311).

99) 天正遣欧使節はインド・アフリカ航路をさかのぼる形でポルトガルに上陸、陸路スペインに入った。一方慶長遣欧使節は太平洋を渡ってメキシコに上陸、キューバ、大西洋を経て新大陸貿易の窓口セビーリャに到達した。

100) 地図の解題に当たっては、松田毅一『豊臣秀吉と南蛮人』朝文社、2001年を参照した。

101) 例えば「きちやう〔帰朝〕の舟十月一日から七日迄の間に湊入」など。

102) *Diccionario de Autoridades* では ciudad について、注 72）で紹介した説明に続いて「市当局、市参事会、コルテスの代議員あるいは代表者、即ち自らに与えられた権限に則って、彼らを派遣する都市の代表権と発言権を持つ人々をも意味する Significa tambien el Ayuntamiento, o Cabildo, y los Diputados, o Procuradores de Cortes, que en virtud de los poderes que les otorgan, tienen la representación y voz de la Ciudad que los envia」としている。

103) スペイン関連では、「寛永十八年風説書」（1641年）、「慶安二年風説書」（1649年）、「寛文二年風説書」（1662年）、「寛文十年風説書之一」（1670年）。『和蘭風説書集成』上、3、8-10、29、52頁。

104) 片桐一男『阿蘭陀通詞の研究』吉川弘文館、1985年、7-19頁。松方冬子、前掲書、4-5頁。

105) 詳細は、拙稿「オランダ風説書におけるスペイン関連記事」『スペイン学』15、2013年、85-87頁、「関係断絶期の日本におけるスペインの情報・知識・関心（1624-1868年）」『日本スペイン外交樹立150周年記念シンポジウム　変わりゆく世界におけるスペインと日本』京都外国語大学、2019年、237-239頁参照。

106) フランス王ルイ14世は1660年、フェリーペ4世の長女マリア・テレサを王妃としていたが、フェリーペ4世没（1665年）後の1667年、王妃の継承権を主張してフランドルとフランシュ・コンテに進軍、1968年のアーヘン条約でスペインはフランシュ・コンテを確保するものの、フランドルの12都市をフランスに割譲した。『世界歴史大系　スペイン史』1、山川出版社、2008年、362-363頁。

107) 『和蘭風説書集成』上、47-48頁。

108) 同上、126-127頁。

109) 実際にはモデナ公国出身のメアリー・オブ・モデナ。

110) 『和蘭風説書集成』上、170頁。

111) 同上、174頁。

112) 同上、182頁。

113) 同上、203頁。

114) 同上、253頁。

164 第Ⅲ部 日　　本

115) 同上、251 頁。

116) 同上、208-209 頁。

117) 同上、218 頁。

118) 同上、222-223 頁。

119) マニラの城壁に囲まれた地区イントラムロス Intramuros と思われる。

120) 『華夷通商考』、113-114 頁。

121) 同上、110-111 頁。

122) 同上、161-162 頁。

123) 立石博高「イベリアの歴史」立石博高編『スペイン・ポルトガル史』山川出版社、2000 年、9-16 頁。

124) 例えば、『和蘭風説書集成』で、現存しない。「寛永十八年風説書」、「慶安二年風説書」の代わりに引用されているオランダ商館長日記の訳文で、「イスパニヤ人」「イスパニヤ」と訳されている箇所は、原文ではそれぞれ「カスティーリャ人 Cestiliaenen」「カスティーリャ Castilien」である。『和蘭風説書集成』下、276、279 頁。

125) 『華夷通商考』、163 頁。

126) 同上、163 頁。

127) 同上、159-160 頁。

128) 同上、160-161 頁。

129) 同上、183-187 頁。

130) 『西洋紀聞』、29-33 頁。

131) 「イタアリア」「シシイリヤ」「ポルトガル」「イスパニヤ」「カステイリヤ」「ガアリヤ〔フランス〕」「ゼルマニヤ〔ドイツ〕」「ブランデブルコ」「ホタラーニヤ」「ポローニヤ〔ポーランド〕」「サクソーニヤ〔ザクセン〕」「モスコービヤ」「スイチヤ〔スウェーデン〕」「ヲ丶ランデヤ」「アンゲルア〔イングランド〕」「スコツテヤ〔スコットランド〕」「イベリニヤ〔アイルランド〕」「グルウンランデヤ〔グリーンランド〕」

132) 「トルカ」「カアブトポ子スペイ〔ケープ植民地〕」「マタカスカ」

133) 「ハルシヤ」「モゴル〔ムガール朝〕」「ベンガラ」「インデヤ」「セイラン」「スイヤム〔シャム〕」「マロカ〔マラッカ〕」「スマアタラ」「ジヤガタラ」「ボル子ヲ」「ロクソン〔ルソン〕」「ノーワ・ヲ丶ランデヤ」

134) 「ノーワ・イスパニヤ〔ヌエバ・エスパーニャ〕」「ノーワ・フランスヤ〔ヌーベル・フランス〕」

135) 「バラシリヤ〔ブラジル〕」

136) 『西洋紀聞』、33-36 頁。

137) 同上、36 頁。

第 5 章　近世ヒスパニック世界から見た日本……　*165*

138)　同上、36 頁。

139)　同上、52 頁。

140)　同上、54-55 頁。

141)　同上、57 頁。

142)　同上、42-44 頁。

143)　うち、ヒスパニック世界関連で『西洋紀聞』からあらたに加わった記事としては、ゴア、コーチン、「マロク〔モルッカ〕」「阿媽港〔マカオ〕」。『新井白石全集』4、833-847 頁。

144)　同じく、「パタゴラス」「智里〔チリ〕」「孛露〔ペルー〕」「アロワカス」「金加西蝋〔カスティーリャ・デル・オロ〕」「ニカラグワ」「ホンテイラス〔ホンジュラス〕」「路革堂〔ユカタン〕」「ウワテマラ」。同上、849-851 頁。

145)　同じく、「新瓦刺察〔ヌエバ・グラナダ〕」「古巴〔キューバ〕」「小伊西把你亜〔イスパニョーラ〕」「カルホルニヤ」。同上、852-854 頁。

146)　同上、822-824 頁。

147)　ティツィングと昌綱を含む日本人との交流については、横山伊徳編訳『オランダ商館長の見た日本　ティツィング往復書翰集』吉川弘文館、2005 年を参照。

148)　例えばカンタブリア海について「ビスカアイセ（蘭 Biskaje Zee）海と名付く。（…）昔時はラテイン語にてカンタビリクユム（羅〔Mare〕Cantbricum）と云へり」、また地中海について「ミツテル、ランドセ（蘭 Middellandse Zee）海と云う。これを支那にて地中海と譯せり」と説明している。『泰西輿地図説』、50-51 頁。

149)　同上、25-28 頁。

150)　同上、33 頁。

151)　同上、57-61 頁。

152)　同上、61-77 頁。

153)　同上、77-81 頁。

154)　例えば旧スペイン領ネーデルラントについて、「今ヲヲステン、レイキ（オーストリア）の帝に従へり」とある。同上、79 頁。

155)　なお、日本人の中でも、海域アジア世界を往来し、各地に「日本町」を形成した人々の立場はこれに近いものがある。彼らのうち、ヒスパニック世界の一部であったフィリピンを訪れた人々の見聞が『呂宋覚書』の情報に反映している。

156)　なお、ヒスパニック世界の人々のうち、遣欧使節について記述した際のオルティス・デ・スニガやキンタナは、これに対置し得る立場である。

157)　松方冬子、前掲書、150-158 頁。

執筆者紹介（執筆順）

坂本　宏　研究員　中央大学経済学部准教授

中島　聡子　客員研究員　中央大学法学部兼任講師

佐藤　正樹　客員研究員　慶應義塾大学経済学部専任講師

三潴　みづほ　客員研究員　学習院大学文学部非常勤講師

椎名　浩　客員研究員　熊本学園大学商学部非常勤講師

近世ヒスパニック世界の諸相

中央大学人文科学研究所研究叢書　84

2025 年 3 月 31 日　初版第 1 刷発行

編　著　者　坂　　本　　　宏

発　行　者　中　央　大　学　出　版　部

代表者　松　本　雄一郎

〒 192-0393　東京都八王子市東中野 742-1

発行所　中　央　大　学　出　版　部

電話 042（674）2351　FAX042（674）2354

© 　坂本宏　2025　　ISBN978-4-8057-5366-8　　㈱ TOP 印刷

本書の無断複写は、著作権法上の例外を除き、禁じられています。
複写される場合は、その都度、当発行所の許諾を得てください。

中央大学人文科学研究所研究叢書

70 読むことのクィア 続 愛の技法

A 5 判 252頁
2,970円

ジェンダー、セクシュアリティ、クィア研究によって、文学と社会を架橋し、より良い社会を夢見て、生き延びるための文学批評実践集。

71 アーサー王伝説研究 中世から現代まで

A 5 判 484頁
5,830円

2016年刊行『アーサー王物語研究』の姉妹編。中世から現代までの「アーサー王伝説」の諸相に迫った、独創的な論文集。

72 芸術のリノベーション
オペラ・文学・映画

A 5 判 200頁
2,420円

歌曲「菩提樹」、オペラ《こびと》《影のない女》《班女》、小説『そんな日の雨傘に』、「食」と映画などを現代の批評的視点から。

73 考古学と歴史学

A 5 判 248頁
2,970円

考古学と歴史学の両面から、日本列島の土器や漆、文字の使用といった文化のはじまりや、地域の開発、信仰の成り立ちを探る論文集。

74 アフロ・ユーラシア大陸の都市と社会

A 5 判 728頁
8,800円

地球人口の大半が都市に住む今、都市と社会の問題は歴史研究の最前線に躍り出た。都市と社会の関係史をユーラシア規模で論じる。

75 ルソー論集
ルソーを知る、ルソーから知る

A 5 判 392頁
4,730円

2012年のルソー生誕300年から9年。共同研究チーム「ルソー研究」の10年を締め括る論集。文学、教育、政治分野の13名が結集。

76 近代を編む 英文学のアプローチ

A 5 判 290頁
3,410円

「言葉を編む／編まれた言葉」の相からテクストを精読し、そのあらたな姿を探る。英文学の近代を巡るケーススタディ集。

中央大学人文科学研究所研究叢書

77 歴史の中の個と共同体

A5判 530頁
6,380円

宗教、政治、都市、ジェンダーの観点から多様な共同体の構築と維持を東洋史・西洋史の専門家が幅広く分析し、その多様な姿に迫る。

78 キャンパスにおける発達障害学生支援の新たな展開

A5判 208頁
2,420円

発達障害学生に対する新しい支援システムによる活動の記録。大学の各学部事務室に心理専門職を配置し個々の学生に合わせた学修支援を行っている。

79 リアリティの哲学

A5判 184頁
2,200円

実在をめぐる議論から、虚構と現実にまつわる問題までを広く扱う「リアリティの哲学」の第一歩となる論文集。

80 幻想的存在の東西 古代から現代まで

A5判 556頁
6,710円

妖精、巨人、こびと、悪鬼、怪物といった「幻想的存在」をユーラシア大陸の古今東西に求め、その諸相に学際的な視点から迫った論文集。

81 ローカリティのダイナミズム
連動するアメリカ作家・表現者たち

A5判 142頁
1,650円

アメリカのローカリティ表象を、現代的なテーマ——ナショナリズム、エスニシティ、ジェンダー、政治、階級、自然など——から探る。

82 考古資料と歴史史料

A5判 334頁
3,960円

物質文化研究における考古学・文献史学の学際研究による歴史復元の途を探るとともに、両者の研究法の違いを取り上げ、研究の将来を見通す。

83 アメリカ文化研究の現代的展開

A5判 224頁
2,640円

転形期にある現在世界において、いまだ圧倒的な存在感を示すアメリカ合衆国。その多面性を文化・言語・文学の視点から解明する。

＊表示価格は税込です。近刊本のみ表示しています。